KB114641

"어떤 사람들은 태어날 때부터 반항적 기질을 타고난다.
낸시 밀퍼드가 쓴 젤다 피츠제럴드 이야기를 읽으며
그녀의 반항정신과 내 기질이 맞닿아 있음을 느꼈다."

패티 스미스

일러두기

1. 각주는 모두 역자 주이다.

2. 원문의 이탤릭체는 번역문에도 이탤릭체로 표기했다.

3. 텍스트 및 참고문헌은 다음과 같다.

Zelda Fitzgerald, *The Collected Writings of Zelda Fitzgerald*, Matthew J. Bruccoli(Editor), University Alabama Press, 1997.

F. Scott Fitzgerald, *My Lost City: Personal Essays.1920-1940*, James L. W. West III(Editor), Cambridge University Press, 2005.

Sally Cline, *Zelda Fitzgerald: Her Voice in Paradise*, Arcade Publishing, 2003.

Nancy Milford, *Zelda: A Biography*, Harper & Row, 1970.

Scott Donaldson, *Hemingway vs. Fitzgerald: The Rise and Fall of a Literary Friendship*, Overlook Books, 1999.

젤다의 편에서 젤다를 읽다

그녀의 알려지지 않은 소설과 산문

젤다

젤다 피츠제럴드 지음　　이재경 엮고 옮김

HB PRESS

서문

1929년은 젤다의 인생에서 최악의 해였지만 이후로도 사정은 계속 나빠졌다.

정들었던 엘러슬리 저택을 떠나 새로운 자극과 변화를 찾아 벌써 네 번째로 대서양을 건너 파리에 왔지만 그곳 지인들과의 관계는 예전만 못했고, 남편 F. 스콧 피츠제럴드의 슬럼프가 길어지면서 그의 음주벽도 악화일로였고 부부 관계는 금이 갔다. 그럴수록 젤다는 열병에 걸린 듯 발레 연습에 몰두했고, 발레 스승 에고로바를 향한 애정은 중독과 집착에 가까워졌다. 그 와중에도 그녀는 <칼리지 유머>의 의뢰로 지난겨울부터 쓰기 시작한 단편들, 이른바 'Girl 시리즈'의 집필을 꾸준히 이어갔고 그림도 놓지 않았다. 하지만 그녀의 문예도 발레도 남편으로부터 이렇다 할 응원이나 존중을 받지 못했다. 육체적, 정신적 혹사와 압박감에 그녀의 내면은 멍들어 갔고, 그녀는 극심한 감정변화와 두서없는 행동을 보이기 시작했다.

리비에라에서 여름과 가을을 보내던 중, 무용가로서 진

지한 커리어를 갈망하던 젤다에게 드디어 기회가 오는 듯했다. 나폴리의 산 카를로 오페라 발레단에서 그녀에게 <아이다>의 솔로 넘버로 데뷔할 기회를 주었을 뿐 아니라 정식 입단을 제안한 것이다. 하지만 젤다는 이 기회를 끝내 고사했다. 그녀는 가족과 멀리 떨어져 어린 딸 스코티를 돌봐 줄 수 없다는 죄책감, 남편의 완강한 반대와 결정적인 순간에 닥친 자기회의의 벽을 넘지 못했다. 거의 자기 파괴적 결정이었다.

예술적 열정을 무시당하고 그것을 보람 있게 발산할 기회를 차단당한 채 종속적이고 부차적인 존재로 살아야 했던 세월이 너무 길었던 탓일까. 1929년 가을에 터져 버린 것이 미국의 거품경제만은 아니었다. 반항과 당돌의 화신으로서 세상에 거칠 것이 없었던 젤다도 더는 없었다. 파리로 돌아오는 길에 젤다는 스콧이 운전하는 차에서 갑자기 핸들을 잡고 차를 절벽 밖으로 꺾으려는 행동을 보였다. 그리고 이듬해 그녀는 처음으로 정신병원에 입원하고 이어서 조현병 진단을 받는다. 스콧은 그의 비망록 <원장Ledger>에 이 무렵을 두고 "붕괴! 젤다와 미국"이라고 적었다.

'Girl 시리즈' 중 젤다가 발레단 입단 제의를 거절한 직후인 1929년 10월에 완성한 단편이 <재능 있는 여자>다. 우연일까? <재능 있는 여자>는 가정도 버리고 꿈에 바싹 근접했으나 성공가도에서 갑자기 모든 것을 포기하는 여자의 이야기다. 주인공 루가 작중 화자(젤다)에게 댄서로서의 포부를 말하지만, 마치 예견이라도 하듯 화자는 루의 말을 믿지 않는다. "훌륭한 방어 계획뿐인 불완전한 작전." 그토록 고대했건만 막상 기회가 오자 잡을 용기를 내지 못한 젤다의 자책처럼 들린다. 그러나 젤다는 이후에도 춤을 포기하지 않았고, 1930년 이후 여러 병원을 드나들며 모진 정신병 치료를 받으면서도 발레 봉을 놓지 않았다.

오히려 젤다의 발레와 그림과 글을 향한 열정과 노력이 정점에 이르고 또 가장 구체적인 결실을 내던 시기는 놀랍게도, 그녀가 신경쇠약으로 급기야 병원 신세를 지기 시작하던 무렵, 즉 심리적 붕괴의 시기였다. 젤다는 예술에 자신을 '갈아 넣었다.' 그녀의 삶에서 자기표현 의지와 세상에 대한 창의적 해석을 빼면 남는 것이 없었다. 젤다의 'Girl 시리즈' 여섯 편도, 그녀의 글이 대개 그랬듯, 스콧과 공저로 또는 스콧의 이름으로 세상에 나왔다.

미국의 1920년대는 풍요의 시대였다.

제국주의 패권 다툼이 곪아터진 1차 세계대전(1914~1918)으로 청년 세대의 상당수를 일시에 잃고 전쟁 빚에 허덕이며 전쟁의 상흔으로 피폐해진 유럽과 달리, 세계의 공장이 되어 전쟁 특수를 누리다 막판에 참전해 승전국의 이권까지 챙긴 미국은 전후에 유례없는 경제적 번영을 누렸다. 친기업 성향의 공화당 대통령들이 연이어 집권하며 자본주의 고속 성장의 시대를 맞았고, 부의 편중이 극심했던 때였지만 감세 정책으로 기업 이익과 개인 소득이 전반적으로 늘고 에너지 비용은 감소하면서 소비문화가 눈부시게 피어났다. 인플레이션은 아직 멀리 있었고, 주식시장과 부동산시장에서 돈이 돈을 낳는 소득 불평등이 정점을 찍었고 물질적 성공을 향한 욕망도 하늘을 찔렀다. 모두가 황금만능에 취해 이때를 낭만의 시대로 불렀다. 남녀 할 것 없이 술과 담배와 파티에 빠졌고, 부유층이 쓰는 돈의 힘은 국내외에서 휴양지 문화를 일으켰다.

한탕주의와 배금사상에 흠뻑 젖은 사회에서 기존의 도덕적 엄숙주의는 실리도 명분도 잃었다. 그러나 물질적 풍요가 정신적 풍요로 이어지지는 못했다. 허영과 속물정신이 시대를 관통했다. 자동차와 전화의 보급으로 활동 폭이 커지면서 억눌려 있던 성과 쾌락을 좇는 욕망도 함께 폭발했다.

한편 1920년에 여성 참정권을 규정한 수정헌법 19조가 비준되며 여권 신장의 초석이 놓였다. 젊은 여성들은 '깁슨 걸' 세대의 코르셋을 벗어던지고, 머리부터 신발까지 온통 펄럭이는 H라인 패션을 선보였다. 그들은 요란한 아르데코 장신구와 저돌적 메이크업으로 무장하고 즉흥적인 재즈 리듬에 몸을 던지는 '플래퍼 족'이 되어 시대를 풍미했다. 그들의 치장은 "남자를 직접 선택하겠다는 의지의 표현"이고,

"자연의 결함을 수정하겠다는 노력"이며 "여자도 마천루 못지않게 팔팔하고 생생한 존재라는 증표"였다(<연지와 분>). 이들은 기성세대의 금기와 요조숙녀의 굴레를 맘껏 비웃었다. 포효하는 20년대(Roaring Twenties)였다. 1920년대의 예언자이자 대변인이었던 F. 스콧 피츠제럴드는 이 시대를 재즈 시대(Jazz Age)로 명명했다. 그는 아직 작가 지망생이던 시절 '미국의 원조 플래퍼(First American Flapper)' 젤다 세이어를 만나 사랑에 빠졌다.

젤다는 1900년 앨라배마 주 몽고메리에서 주대법원 판사의 막내딸로 태어났다. 아버지는 보수적이고 내성적인 사람이었으나 어머니는 판사의 아내가 되지 않았다면 오페라가수나 배우가 됐을 사람이었다. 젤다는 전형적인 금발의 남부 소녀였다. 1920년에 스콧과 결혼하기 전까지 뉴욕에는 가본 적도 없었다. 하지만 전형적인 것은 거기까지였다.

그녀는 어려서부터 춤과 다이빙과 나무타기에 열광하는 말괄량이였고, 이미 고등학교 때 술과 담배를 하고 남자애들과 신나게 어울렸다. 남다른 볼룸댄스와 발레 실력으로 댄스파티를 휘어잡았고, 팬들을 구름처럼 몰고 다니며 지역의 스타로 등극했다. 그녀는 당시 남부 여인들에게 따라붙던 유순하고 순종적인 여성상과는 거리가 멀었다. 장래 남편감을 물색하며 명문가 출신 대학생들과 숱하게 데이트를 즐기면서 그녀는 전통적인 '서던 벨(southern belle)' 대신 '모던 걸(modern girl)'이 되기로 했다. 그러다 18세였던 1918년 여름, 컨트리클럽 댄스파티에서 북부 출신의 프린스턴 휴학생을 만났다. 바로 몽고메리 근처 캠프 셰리든에 배속된 육군 소위이자 작가 지망생인 스물두 살의 F. 스콧 피츠제럴드였다.

스콧은 젤다에게 구애하는 여럿 중 한 명이 되었다. 아직 이렇다 할 커리어도, 커리어 없이 살 수 있는 집안 배경도 없었던 그는 자신의 가치를 증명하기 위해 뉴욕의 광고회사와 집필책상 사이를 동분서주했다. 관행을 거부하는 젤다의 반항기가 아니었다면 그저 또 하나의 연애사건으로 끝났을 인연이었다. 우여곡절 끝에 두 사람은 1920년 뉴욕시 세인트 패트릭 대성당에서 부모도 없이 약식 결혼식을 올리고 뉴욕의 호텔들에서 거의 난동에 가까운 파티를 벌이는 것으로 신혼여행을 대신했다. 실패한 첫사랑과 젤다와의 연애를 글감으로 삼아, 상류층 여자에게 구애했다가 실연당하는 청년의 야망과 좌절을 그린 스콧의 첫 소설 <낙원의 이편>이 출간된 지 불과 며칠 후였다.

<낙원의 이편>의 성공으로 24세의 스콧은 단번에 미국에서 가장 촉망받는 작가 반열에 올랐고, 둘 다 무대기질이 강했던 부부는 뉴욕 사교계의 총아로 떠오르며 취중 기행들로 신문 가십난을 화려하게 장식했다. 도로시 파커(Dorothy

Parker, 1893~1967)는 당시의 두 사람을 이렇게 평했다. "막 태양에서 걸어 나온 것 같았다. 그들의 젊음은 기가 막혔다." 둘은 스스로 재즈 시대의 화신이 되어 부와 성공을 향한 동경을 낭만적으로 체현했고 그것을 방탕하게 소비했다. 이들의 결혼 초반 모습은 스콧의 두 번째 소설 <아름답고 저주받은 사람들>(1922)에 고스란히 담겼다.

부부는 평생 집을 소유한 적도 한곳에 정착한 적도 없이 미국과 유럽을 오가며 살았다. 둘은 당대의 문화예술계 유명 인사들과 교류했다. 대서양 양쪽의 내로라하는 호텔들이 둘의 집이었고, 파리와 뉴욕의 핫한 카페들이 둘의 거실이었다. 그러나 막상 이들의 결혼생활은 순탄치 않았다. 1924년 프랑스 리비에라에서 젤다가 프랑스인 조종사와 연애하며 이혼을 요구하는가 하면 1926년에는 할리우드에서 스콧이 열일곱 살의 여배우에게 반해 젤다를 모욕하고 괴롭혔다. 이후에도 스콧의 바람은 상대를 바꿔 가며 내내 이어졌다.

<위대한 개츠비>(1925) 이후 스콧의 문학적 침체기가 길어졌다. 인세 수입이 줄면서 책을 내기로 약속하고 출판사에서 미리 돈을 받아쓰는 방식이 계속 이어졌다. 스콧은 단편 기고와 시나리오 작업 위주의 '생계형' 집필에 매달렸고, 젤다에게도 글을 써서 생활비를 보태고 발레 레슨비를 감당해야 한다는 압박이 따랐다. 빚은 늘어가고 인세 수입은 끊어지고 원고료도 하강곡선을 그리는 가운데, 스콧의 '다음

번 대작'은 항상 요원했고, 젤다의 프로 발레리나의 꿈도 피학적 현실 도피로 끝났다. 부부 사이에는 낭비벽과 방랑벽의 금전적 후유증과 자포자기의 유독성 냉소만 쌓여 갔다. 1930년대에 접어들며 투기 열풍과 과잉 생산의 여파로 드디어 미국 경제가 더없이 극적으로 붕괴하며 황금시대가 막을 내렸다. 때를 같이해 두 사람도 파국을 향해 수직 낙하하기 시작했다. 결혼할 때부터 문제였던 스콧의 알코올 의존증이 끝도 없이 심해졌고, 젤다도 정신병원을 드나들기 시작하면서 부부는 멀리 떨어져 지냈다. 결국 1940년 스콧이 알코올 중독에 따른 심장마비로 먼저 세상을 떠나고, 8년 후 젤다도 입원해 있던 병원의 화재 사고로 생을 마감한다.

황금시대 아이콘의 완벽한 몰락이었다. 풍요는 한없이 지속되지 않았고, 사랑은 미몽으로 끝났다. 금기에 반항했던 전후 세대의 야망은 물질만능의 공허를 이기지 못하고 붕괴했다. 피츠제럴드 부부는 재즈 시대의 도래를 대변했던 만큼이나 그 몰락도 대표했다.

그럼 문학적으로 젤다와 스콧은 어떤 관계였을까.

1918년 7월 앨라배마의 한 댄스파티에서 남부 소녀 젤다 세이어와 북부 청년 F. 스콧 피츠제럴드가 만난 순간부터 두 사람의 인생은 한줄기로 합쳐졌다. 그러나 두 사람은 반려로서 삶을 공유하는 데 그치지 않았다. 스콧의 문학적 결과물의 내용은 부부의 삶과 뗄 수 없는 관계에 있었고 실제로 구분이 어려웠다. 스콧의 여주인공들은 결국 젤다의 변주였다. 스콧은 연애 시절에 완성한 <낙원의 이편>에 젤다의 글을 이용하고, 여주인공 캐릭터를 젤다와 비슷하게 바꿨다. 스콧의 '젤다 인용하기'는 이후 20년 동안 패턴처럼 이어졌다. 스콧은 작가로서 젤다의 성격과 재담, 나아가 그녀의 일기와 편지에 많이 의지했다. 젤다의 발언이나 표현을 시시때때 적어두었다가 활용하는 것은 물론이고 가끔은 그녀의 글을 작품에 그대로 베껴 넣었다. 젤다는 그에게 영감을 주는 뮤즈 이상의 존재였다.

젤다의 전기 작가 샐리 클라인(Sally Cline)에 따르면 1920년 스콧은 젤다의 일기를 책으로 출판하자는 에디터의 제안을 거부했고, 대신 그녀의 일기와 편지를 자신의 작품 <아름답고 저주받은 사람들>과 <젤리 빈>에 써먹었다. 이를 두고 젤다는 1922년 <뉴욕 트리뷴>에 발표한 장난스러운 서평 <친구이자 남편의 최근작>에서 "피츠제럴드 씨는—스펠링 제대로 쓴 것 맞죠?—표절은 집안에서 시작된다고 믿나 봐요."라고 했다. 이때만 해도 젤다는 자신의 묵인으로 인해 자기 글이 스콧의 것으로 영속되리라는 예상은 못했던 것 같다. 이후에는 그녀가 쓴 단편과 기고문조차 대부분 스콧의 이름이나 부부 공저로 나갔다.

젤다의 작품에 스콧의 이름을 붙이면 더 높은 고료를 받을 수 있었을 뿐 아니라 젤다 본인도 거기에 문제 제기를 하지 않았다는 것이 스콧 '측'의 주된 견해였다. 적어도 처음에는 그랬을지 모른다. 하지만 젤다는 점차 예쁘고 분방한 아내의 역할에서 벗어나 독자적인 성과를 내고 싶어 했고, 진지한 커리어 추구를 막는 남편에게 분개했다. 그녀는 1930년 정신병원 신세를 지기 시작하면서 오히려 창작 열정을 불태웠다. 그녀는 존스홉킨스 병원에서 불과 한 달여 만에 본인의 인생 경로를 고스란히 담은 자전적 소설 <왈츠는 나와 함께>(1932)를 완성해서 출판사에 보냈다. 뒤늦게 젤다의 원고를 본 스콧은 소설 내용이 당시 자신이 수 년째 작업 중이었던 <밤은 부드러워>에 담을 내용과 겹치자 분노했다. 스콧은 젤다의 인생 전체가 '그의 글감'이며 그녀가 부부의 인생 경험을 사용함으로써 그의 것을 훔쳤다고 여겼고, 그녀를 "삼류 작가이자 삼류 발레 댄서", "쓸모없는 사교계 여자"로 비난했다. 그는 <왈츠는 나와 함께>의 많은 부분을 들어낼 것을 요구했고, 젤다의 정신과 의사를 통해 젤다가 자전적 소재로 픽션을 쓰는 것을 금지했다. 대신 젤다의 그림 전시회를 주선했다. 그녀는 억눌린 창작열을 그림에 쏟았고, 전시회에 '때로는 광기가 지혜가 된다(Parfois la Folie est la Sagesse)'라는 제목을 붙였다.

F. 스콧 피츠제럴드는 재즈 시대의 자화상을 가장 세련되고

가장 냉소적으로 완성한 작가였다. 그는 사후 미국 현대문학사에서 가장 위대한 작가 중 한 명으로 등극했다. 그의 생이 짧았고 그 끝이 비극적이었기에 미국인에게 그는 더욱 애틋한 존재다. 그 옆에서 젤다는 스콧의 문재(文才)에 영감을 더한 뮤즈였다는 것이 그나마 그녀에게 떨어진 가장 우호적인 평가였고, 그마저도 소수의견에 불과했다. 오랫동안 미국 대중에게 그녀는 '낭비벽과 정신병'으로 남편을 경제적 궁핍과 재능 소진과 알코올 중독으로 몰아넣은 악처로 알려졌다. 정말 젤다는 세간의 평대로 남편의 커리어를 질투하고 방해한 악처였을까?

우선, 샐리 클라인에 따르면 젤다가 스콧의 불투명한 장래 때문에 결혼을 망설이다가 <낙원의 이편>이 성공하자 그제야 결혼했다는 것부터가 구설에 불과하다. 출판이 결정됐을 때 젤다는 그것을 알지 못했고, 그녀가 결혼에 동의한 때는 출간 전이었기 때문에 소설의 성공 여부는 더더욱 알 수 없을 때였다. 오히려 젤다는 스콧을 매정하게 버린 그의 첫사랑과 달리 그가 작가로 성공할 것을 믿어 주었다. 젤다에게 남편을 망친 여자라는 딱지가 붙은 데는, 친구 스콧을 강박적으로 조롱하는 동시에 스콧의 문학적 쇠퇴는 모두 그의 아내 탓이라며 젤다를 원색적으로 비난했던 헤밍웨이의 '공'이 컸다. 설사 젤다가 사치하고 방탕했더라도 그 파티는 그녀 혼자 한 것이 아니라 스콧과 함께 한 것이었다. 헤밍웨이를 비롯해 유난히 여성에게 야박한 사람들, 나쁜 상황의 책임을 여성에게 전가하는 데 재빠른 사람들이 보지 못했거나 일부러 외면한 부분이 있었다. 그것은 허영이라며 매도당한 정체성 추구와 대결의식이라는 누명을 쓴 극기 정신이었다. 젤다는 어려서 배운 발레를 20대 중반에 아이 엄마가 되어 다시 시작해 전문 발레리나급 훈련을 감내했고, 춤으로 충족되지 않는 자기표현 열정을 그림과 글에 쏟았고, 그 과정에서 주위의 냉소와 내적 압박감에 맞서 신경을 혹사했다.

"오늘만 생각하고 내일은 걱정하지 말아요."라고 말하던 말괄량이 소녀는 독립적 미래를 위해 자기 자신과 싸우는 여성으로 변해 갔고, 이는 스콧의 여주인공들이 보인 진화 방향과 일치했다. 다만 그녀들의 실제 모델이었던 젤다의 끝은 해피엔딩이 되지 못했다. 철없던 남부 아가씨의 자아는 성장과 동시에 파멸해 갔다. 그러나 젤다의 조현병 진단은 오진이었을 가능성이 높다. 샐리 클라인의 <젤다 피츠제럴드: 낙원의 목소리Zelda Fitzgerald: Her Voice in Paradise>에 따르면 그녀의 마지막 의사였던 어빙 파인(Irving Pine) 박사는 그녀가 조현병이 아니라 조울증이었으며 병의 주된 원인은 가정 문제였다고 판단한다. 당시 젤다의 의사들은 그녀의 '지나친 야심'이 초래한 심신의 탈진에 주목했을 뿐 남편의 바람기와 알코올 중독이 그녀에게 미친 정신적 부담은 크게 고려하지 않았다. 정신분열증 진단 때문에 젤다는 오랫동안 인슐린 충격 요법과 전기 충격 요법 같은 극단적 정신병 치료를 받아야 했다. 원래 그렇지 않던 사람에게도 조현증상 같은 후유증이 생길 수 있는 위험한 치료법이었다. 거기다 의사들은 그녀에게 '순종적인 아내와 엄마의 위치'를 재교육한다는 명목으로 그녀에게 발레와 글쓰기를 금했고, 강제된 무기력은 그녀를 '미쳐버릴 만큼' 괴롭혔다.

젤다의 삶은 반항과 인습 파괴의 시대였던 재즈 시대조차 창의적 일을 통해 경제적 독립체로 살기를 갈망하는 여성에게 그리 친절한 시대는 아니었음을 보여준다. 하기야 디지털이 탈(脫)물질을 실현하고 인간사회의 각종 경계선이 무너지는 요즘도 세상은 여성의 진취에 충분히 호의적이지 않다. 나쁜 상황의 책임을 여성에게 더 가혹하게 전가하는 불공평의 문제도 여전하다. 젤다의 세상은 그녀에게 시대의 화려함을 투영하려 했을 뿐 그녀를 시대의 주동(主動)으로 받아주지 않았다.

젤다는 인물(character)보다는 개인(person)이 되고자 했다. 그녀는 시대에 묻히는 대신 용감하게 튀기로 했다. 그러나 그녀의 '편'은 별로 없었다. '위대한 작가의 철부지 아내'라는 세간의 평은 편파적이다. '한쪽의 재능과 다른 쪽의 광기'라는 이분법의 신화도 허물 때가 됐다. 젤다 피츠제럴드가 남긴 결과물의 예술적, 문학적 가치를 논하는 것은 이 책의 몫이 아니다. 독자에게 '젤다의 편'에서 젤다를 소개하는 것이 이 책의 목적이다. 이제 우리가 안다고 믿었던 그 이야기를 그녀의 목소리로 다시 들어보자.

이재경

차례

"젤다의 이야기들은 즉흥적이고 우발적이다.

아마도 의도한 것이겠지만"

매튜 J. 브러콜리, 문학평론가이자 <젤다 피츠제럴드 선집>의 에디터

단편소설
Short Stories

오리지널 폴리스 걸[1]

THE ORIGINAL FOLLIES GIRL

◊

게이에게서 가장 먼저 눈에 띄는 것은 그녀가 가진 매너였다. 자기 자신을 연기하는 듯한 태도. 그녀의 옷과 장신구 모두 지극히 훌륭해서 그녀가 그것들을 '외견상' 입은 느낌마저 주었다. 크리스마스트리가 크리스마스 장식을 피상적으로 달고 있듯이. 그것이 가능한 이유는 그녀 자체도 예술품에 버금갔고, 과거 말고는 아무것도 감출 것이 없었기 때문이었다. 다시 말해 그녀는 의심의 여지 없는 뉴욕 최고의 몸매를 자랑했다. 그렇지 않고서야 단지 무대에 서서 2미터 길이 녹색 튈[2]에 도도한 분위기를 더하는 것만으로 그 많은 돈을 벌기는 어려웠다. 거기다 그녀의 금발은 어떤 색이라고

1) Follies Girls: 당대 쇼비즈니스계의 거물 프로듀서 플로렌츠 지그펠트가 1907년부터 1931년까지 뉴욕 브로드웨이에서 상연했던 초호화 버라이어티 뮤지컬쇼 '지그펠트 폴리스(Ziegfeld Follies)'에 출연하는 여성 출연자를 말한다. '폴리스'는 1920년대 재즈 시대의 화려함과 사치와 성적 해방을 상징했다. 쇼에 출연하는 뇌쇄적인 무용수와 코러스와 배우들, 이른바 '폴리스 걸'은 당대의 아름다움을 대변하며 연예계를 선망하는 젊은 여성들에게 동경의 대상이었다. 일부는 연극영화계 스타가 되었다.

2) tulle: 얇은 명주를 망사처럼 짠 천으로 면사포 등을 만드는 데 쓴다.

도 할 수 없는 색, 빛의 반사체 자체였으므로 머리에 컬을 만들거나 '손을 보는' 노력이 따로 필요 없었다.

내가 처음 그녀를 보았을 때 그녀는 리츠 호텔의 재패니스 가든(Japanese Garden)에서 크림을 올린 라즈베리를 먹고 있었다. 꼬마 분수가 시원한 소리를 머금은 공기를 뿜었고, 보석 팔찌들이 쟁그랑댔고, 한여름의 습한 고요가 사람들 말소리 위로 내려앉았다. 나는 그녀가 너무나 적절하다는 생각을 했다. 마치 이미 오래전에 자신을 뭔가 장식적이고 흥미로운 객체로 규정한 듯, 그리하여 미국적 삶의 필수 요소들과 뒤섞이지 않겠다고 작정한 듯, 그녀는 너무나 표연했다.

그녀의 눈은 사이가 멀었고 작았다. 그녀의 모든 것이 작았다. 그렇다고 한정되거나 절제된 느낌은 결코 아니었다. 그보다는 갈고 닦인 느낌이었다. 키는 꽤 큰 편이었지만 그녀의 모든 부분이 석류 속 석류 알처럼 착착 맞아서 보는 눈을 즐겁게 했다. 내 생각에는 그녀의 그런 *오브제 다르*[3)]다운 면모가 그녀 주위에 사교계 한량들을 줄세우는 이유였다.

그러나 그녀에겐 다른 면모도 있었다. 어쩐지 조만간 그녀를 배신할 것만 같은 면모. 그녀가 생전 책 한 권 통독한 적 없으며 다른 어떤 음료보다 맥주를 좋아하는 것이 분명함에도 그녀에겐 지식인 남자들을 좋아하는 면모가 있었다.

3) objet d'art: 예술품이라는 뜻으로, 주로 장식용, 소장용 세공품을 말한다.

이런 면모의 그녀는 '다이빙'을 사랑했고, 프랑스어를 배웠으며, 신지학(Theosophy)과 가톨릭 신앙 사이를 오갔다.

그녀는 타블로이드 가십 부류의 사람은 아니었다. 애초에 그녀를 좋아하는 남자들은 쟁쟁한 명사들이었다. 그녀는 처음에는 신중함을 배웠다. 마치 그녀 스스로 그것을 원했던 것처럼. 귀족적 관점을 보다 자유롭게 구사하기 위해서.

다른 한편으로 그녀는 나대지 않았을 뿐 명백한 모험가였다. 다만 재정적 안정을 누렸고 덕분에 같은 업계 여자들에게 흔히 따르는 히스테리 성향을 면했다. 물론 그녀가 항상 풍족하게 산 건 아니었다. 초창기에, 다시 말해 프로듀서들이 그녀가 나머지 코러스 걸들을 볼로냐소시지로 만든다는 것을 깨닫기 전에, 그녀에게 판타지에 재주 있는 남편이 있었고, 그는 그 판타지의 대가로 그녀에게 죽을 때까지 매년 5천 달러의 이혼 수당을 지불하게 됐다. 덕분에 게이는 자유롭게, 의심 없이, 앵초의 길[4]을 거닐게 됐다.

처음 몇 년간 그녀는 자기 가치를 망치는 데 꽤 근접했다. 그녀는 신문 일요 증보판에 나온 파티들을 빠짐없이 섭렵했고, 신문에 찍힌 그녀의 사진들도 워낙 경악스러워서 그녀에 대한 불가해한 악평은 음란물의 수준까지 떨어졌다. 그러다 그녀는 압생트 칵테일에 맛 들였고, 진지한 무대 경력

4) primrose path: 젊은이의 향락적 생활, 특히 파멸에 이르는 환락의 길을 뜻한다. 셰익스피어의 <햄릿>에서 유래한 표현이다.

을 추구하고 싶어졌고, 그 변화가 그녀를 성공한 사람들로 향하게 했고, 권투선수와 결혼하는 흔한 파국을 피해 가게 했다.

그녀는 만화경처럼 변화무쌍했다. 그저 앉아서 마시고 또 마시며 밤의 끝을 묵직한 영국식 억양으로 마무리하는 날이 있는가 하면, 아무것도 마시지 않고 올랑데즈 소스를 부은 아스파라거스만 몇 쟁반씩 먹으며 수녀가 될 것을 맹세하는 날도 있었다. 그녀가 성직 입문에 대해 유난히 진지해 보이던 어느 날 한번은 내가 그 이유를 물었다. 그녀는 이렇게 답했다. "그건 한번도 안 해 봤으니까요."

이때는 그녀의 경력 단계 중에서 그녀가 진자주색 카펫이 깔리고 온통 청회색 호박단이 나부끼는 은색의 아파트에 살 때였다. 그녀가 루이 16세풍 다기 세트와 그랜드피아노에 얼마나 진력났을지 알 만하다. 칼라백합을 꽂는 거대한 은제 꽃병과 백곰 가죽 러그도 마찬가지였다.

이후 게이는 실내 장식가들이 쏟아붓는 파스텔 톤 구속의 늪에 잠겼다. 그녀는 그 아파트를 좋아하지 않았으면서도 친구들을 그리로 데려갈 수 있다는 허영심 때문에 한동안 거기에 버티고 살았다. 당연히 돈이 많이 드는 생활이었다.

그녀의 현관 대기실에는 뉴욕에 하나 남은 구식 프랑스 수화기가 조신하게 숨어 있었고, 엘리베이터는 타는 사람이 직접 수동으로 움직였다. 게이의 지인들 사이에서는 그것이 한정판 취향이자 미국적 상업주의를 향한 유려한 조롱이었다. 그렇게 공들여 빛바랜 장식 속에서 그녀가 그저 기다리는 데 보낸 시간도 분명 하세월이었다. 하지만 그녀는 늘 약속 수첩을 들고 다니며 누군가 티타임에 초대하면 남은 수요일과 일요일을 꼼꼼히 찾았다. 벽난로 대리석 선반에 있는 자주색 주소록은 나폴리 항부터 낸터킷 섬[5]까지 전화번호들로 빼곡했고, 디자이너들과 국외거주자들[6], 백만장자들과 헤어드레서들, 로마의 레스토랑들과 프로듀서들의 피서용 별장들을 망라했다. 그것은 그녀가 체계를 꾀하는 노력이었고, 그녀에게 조직적인 삶을 산다는 안정감을 선사했다. 일단 그 주소록에 이름이 올라가면 그건 게이의 친구라는 뜻이었고, 이론적으로는 브리지게임이나 대서양 횡단 여행에, 또는 멀리서 열리는 독립기념일 행사의 파트너 노릇 등 각종 예기치 못한 만일의 사태에 호출이 가능하다는 뜻이었다.

그러나 그 많은 이름들과 번호들에도 불구하고 그녀는 대체로 외롭게 살았고, 혹독한 외로움을 달래기 위해서 얼마 안가 한꺼번에 여러 곳에서 살기 시작했다. 그녀는 일 년을 런던 무대에서 보내는 동시에 파리의 스위트룸과 뉴욕 사이를

5) Nantucket: 미국 매사추세츠 주 남부 해안 앞바다에 있는 섬. 휴양지로 유명하다.
6) expatriates: 1차 세계대전 후 미국의 배금주의를 혐오하여 파리로 건너가 향락과 허무에 물든 생활을 했던 미국의 젊은 지식인들을 일컫는다.

수없이 오갔다. 당시 그녀에게서 풍기는 긴박함과 미스터리의 분위기는 그녀를 매우 규정하기 어려운 존재로 만들었다.

그야말로 길 위의 게이였다. 그런 삶은 끝없이 도착하는 옷상자들, 산더미처럼 쌓이는 포장용 박엽지, 외국어로 빠르게 오가는 전화통화들로 가득했고, 만날 기약 없이 헤어지는 사람들이나 몇 년 만에 보는 사람들로 북적였다. 그리고 항상 신문기자들이 꼬였다. 기자들은 게이를 좋아해서 그녀에 대해 중요해 보이는 사소한 이야기들을 만들어 냈다. 이런 일화들 위에 얼굴 사진이 크게 실렸다. 단장은 했지만 가식은 없는 얼굴. 그리고 그녀의 이름 앞에는 항상 '미스(Miss)'라는 칭호가 붙었다.

파리에서 그녀는 푸른 벨벳 트렁크의 여장도 풀지 않고 살았다. 프랑스가 잃어버린 장려함에 대한 번잡하고 유약한 답습에 빠진 방이었다. 연회장 크기의 방 한구석에 차가워 보이는 욕조가 숨어 있었다. 방은 게이의 화장품 병들과 분무기들과 화려한 실내복들이 힘을 합해도 막역해지기 힘들었다. 그녀는 옆에 딸린 회색과 금색의 거실을 항상 남미 뮤지션들로 채웠다. 대리석 탁자들은 줄기는 파이프 같고 꽃은 종이 같은 큼직한 자홍색 장미들과 샴페인 칵테일들로 덮였다.

그녀의 침실에는 여동생의 아이 사진이 있었다. 게이의 넓은 눈을 닮은 꼬마 소녀가 커다란 붉은 가죽 액자가 만드는 네모 속에 빠져 있었다.

그래도 그녀에겐 이 호텔 아파트먼트가 뉴욕의 은색 벽보다 훨씬 덜 갑갑했다. 여기는 그녀의 소관이 아니었기에 타월로 콜드크림을 닦아내고 욕실 매트에 구두를 문질러도 무방했다.

이 무렵 그녀는 그녀에게 한번도 확고한 적 없었던 무언가를 붙잡으려 지독히 애썼다. 그것은 과거였다. 그녀는 뭔가 구체적인 것을 손에 넣고 싶어 했다. "이건 실재해요. 이건 내 경험의 일부이고, 이 범주 또는 저 범주로 분류 가능해요. 내게 일어난 일이고 내 기억의 일부죠."라고 말할 수 있기를 바랐다. 그녀는 자신의 인생을 이루는 사건들에 연관성을 부여하지 못했고, 그 때문에 세월의 흐름을 실감하기 시작하면서 자신이 막 태어난 존재 같은 기분이 들었다. 가족도 없이, 그녀에게 호의적인 집도 없이, 안주하거나 반항할 어떠한 체제도 없이 태어난 존재. 매일 연관 없이 뿔뿔이 지나가는 나날들이 그녀를 경이를 느낄 줄 모르는 사람으로, 이상하리만치 아량 있는 사람으로 만들었다. 이는 그녀가 정신적 권태라는 병에 걸렸음을 말하는 다른 표현이다.

그녀의 푸른 벨벳 트렁크는 갈수록 호텔 라벨들로 덕지덕지 덮여서 마감을 다시 해야 할 정도였다. 게이는 다시 트렁크를 햇볕에 탄 3천 달러어치 조젯 크레이프[7]와 피렌체까지 가서 구입한 조각상으로 채운 다음, 비아리츠[8]로 떠났다.

그녀는 당당하고 용감했다. 그녀는 인생의 구석구석에 세탁물 목록과 담배꽁초가 퀴퀴하게 쌓이면 새로운 장소를 향해 훌쩍 떠났다. 빳빳하게 풀 먹여 데리고 다니는 하녀는 수시로 바뀌었지만 수년씩 함께한 사이인 척했다.

그녀는 사람은 자기 환경에 익숙해야 하고, 오래된 것들을 좋아해야 한다고 여겼다. 그녀에게는 식견을 가져야 한다는 강렬한 의무감이 있었다. 자신이 본능적으로 좋아하지 않았던 것들 중 많은 수가 사실은 가치를 인정받은 것들이라는 점을 뒤늦게 깨달으면서 얻은 성향이었다.

그해 비아리츠에서 돌아왔을 때 게이는 매우 창백했다. 그녀는 해변에서 오래 시간을 보내고도 아무렇지 않게 새하얀 피부로 나타날 수 있는 몇 안 되는 사람 중 하나였다. 겨울에는 하와이인처럼 구릿빛이어야 하고, 여름에는 투명 코트 칼라에 달린 여우 털처럼 하얘야 한다는 것이 앵글로색슨인의 자기수양에 대한 그녀의 가학적 해석이었다.

만약 더 오래 살았다면 그녀는 무수히 많은 레이스 양산과 기다란 베이지 장갑과 플로피 햇, 그리고 앵무새를 한 마리 소유했을 거다. 게이는 그 어느 것보다 '스타일'을 좋아했다. 나풀거리고 여성적인 스타일. 그리고 자신이 그걸 보

7) georgette crepe: 얇고 속이 비치는 견직물 또는 면직물. 드레스, 숄, 커튼 등에 사용한다. 1913년 프랑스에서 처음 만들었다.
8) Biarritz: 프랑스 남서부 해안의 휴양 도시. 프랑스 최초의 해수욕장이 있으며 코트다르장(은빛 해안)으로 유명하다.

유하게 된 것은 기본에 철저했기 때문임을 한번도 의심하지 않았다. 몇 명의 아이를 낳았는지, 몇 백만을 벌었는지, 얼마나 많은 역을 연기했는지, 또는 얼마나 많은 사자를 길들였는지 같은 것들.

게이의 정처 없는 여행은 길게 이어졌고, 우연하게라도 꾸준히 마주치지 않는 사람들이 잊히듯 그녀도 뉴욕에서 점점 잊혀져 갔다. 코러스 걸은 계속 새로 뽑혔고, 거기서 스타는 계속 나왔고, 그들은 넓고 맑은 눈으로 소년처럼 자유롭게 웃었고, 게이의 소식은 점점 더 드물어졌다. 그녀의 소식을 물으면, 상대의 얼굴에 멀뚱한 눈빛이나 주저하는 기색이 스쳤다. 마치 그녀의 근황은 미확인 사항이라서 그녀의 소식을 알아야 할지 말아야 할지 모르겠다는 듯이. 어쩌다 그녀가 화제에 오르면 사람들은 그녀가 알려진 것보다 나이가 많다고 했다. 대개는 남자들이 그랬다. 그들은 그녀를 이미 끝난 과거로 만들지 못해 안달이었다.

그녀가 그들이 말하는 나이일 리가 없었다. 불과 얼마 전 그녀를 샹젤리제의 가로수 아래서 만났을 때 그녀는 한 떨기 수선화 같았다. 노란색 리넨 평상복 차림으로 바람 쐬러 나온 그녀는 레몬 향수와 바카르디 칵테일 냄새를 풍겼다. 나와 차를 마시러 갈 시간은 없었다. 친한 이발사가 오래 와병 중인데 시골에서 한 달간 요양할 돈을 전해 주러 가야 한다고 했다.

그 노란 옷을 게이와 찰떡궁합으로 만드는 앙증맞은 나비 리본들을 내가 미처 반도 보기 전에 그녀는 넓은 대로를 바삐 올라갔다. 분수가 뿜는 물안개와 응달에서 색색으로 반짝이는 꽃들에 쫓겨서. 파리의 여름 해질녘을 구성하는 푸른 실안개와 흥겨움의 냄새에 실려서. 그녀가 창백하고 허약해 보인다는 생각은 들었다. 하지만 게이는 아름다운 몸매를 유지하기 위해서 늘 먹는 것에 금욕적이었다. 그러다 장기적인 식이요법에 지치면 한바탕 먹고 마신 후 2주간 요양원 신세를 지는 일을 반복했다. 육체적 완벽함에 대한 욕망과 그것을 마음대로 쓰고 싶은 욕망 사이의 투쟁이 그녀를 소진시켰다.

나는 게이의 다음 소식을 신문 1면 맨 밑의 작은 기사로 접했다. 파리에서 온 부고 기사였다. 기사는 개략적이었고, 사인으로 폐렴을 언급했다. 나중에 나는 게이가 죽기 직전 함께 있었던 그녀의 오랜 친구를 만나 게이가 아기를 원했다는 이야기를 전해 들었다. 아이는 살아남았다. 그리고 게이도 여전히 살아 있다. 모든 정처 없는 영혼들 속에. 상류층의 풍속대로 계절을 따라 순례에 나서고, 퀴퀴한 대성당들에서 구릿빛 몸과 여름 해변의 사라진 마법을 찾고, 안정과 성공을 추구하면서도 그것의 가능성은 믿지 않는 사람들 속에. 리츠를 지금의 리츠답게 만들고, 대양 횡단 여행을 이브닝드레스와 다이아몬드 팔찌의 비공식적 업무로 만드는 모두의 마음속에.

그녀는 아주 용감했다. 그녀에게 일어난 일들보다 그녀가 더 용감했다. 언제나. 용기는 어떻게든 자신을 몰아대기 마련이다. 그것이 그녀가 아이를 원했던 이유가 아닐까 한다. 하지만 용감한 사람에게도 어느 파리 호텔의 금박 소용돌이 장식 아래 혼자 숨을 거두는 건 분명 끔찍한 일이다. 그것이 아무리 값비싼 금박 장식이었다 해도, 또 그녀가 아무리 그런 것들에 익숙했다 해도.

게이는 언제나 마음 한편으로는 자신에게서 낭만이 달아날까 봐 걱정했다. 그러나 낭만 때문에 그렇게 죽기에는 그녀는 너무나 좋은 벗이었고 너무나 예뻤다.

남부 아가씨

SOUTHERN GIRL

◊

솔리드 사우스[1]가 제퍼슨빌에서 멀리로 이어진다. 소나무가 드문드문 자란 완만한 언덕들을 기다랗게 오르는 비포장 흙길, 넓고 텅 빈 목화밭들, 모래밭 군데군데 외딴 오두막들, 그리고 아득히 멀리에는 언덕들의 푸른 약속. 타운을 끼고 도는 너른 강은 갈색으로 소용돌이치며 양편에 벌겋게 솟은 강둑 밑을 빠르게 흐른다. 물에 깊이 박힌 나무들이 물가에 이는 갈색 거품 위로 축축 늘어지고, 그림자들이 스패니시 모스[2] 아래 길고 나른하게 눕고, 딱딱한 갑옷의 잽싼 벌레들이 가지들에서 떨어진다. 잭슨 거리에 육중하게 깔린 박석

1) solid south: 이른바 '결속한 남부.' 남북전쟁(1861~65)에서 패배한 남부는 노예제도에 의지했던 전통적 경제구조가 무너지며 북부의 식민지 처지가 되었고, 종전 후 재건 시대에 남부에 관대한 입장을 취하던 링컨이 암살된 후 북부군의 군정하에서 씻지 못할 굴욕을 당했다. 이에 대한 반감으로 남부의 주들이 북부의 공화당 정부를 용서하지 않고 무조건 민주당을 지지하는 '솔리드 사우스' 현상이 생겼다. 자존심 강한 남부 기질을 뜻하는 말이기도 하다. 최근에는 결속이 많이 느슨해진 상태다.

2) spanish moss: 습하고 더운 지역에서 나무에 착생하는 식물로, 가느다란 줄기들이 엉켜서 검불처럼 주렁주렁 늘어진다. 보기에 따라 어둡고 신비로운 분위기를 자아낸다.

사이마다 갈색 진창이 걸쭉하게 흘러나와 옛 선창들이 줄지어 썩어 가는 강변으로 구불구불 이어진다. 선창은 과거 선박 운송이 활발했던 시대의 유물이다.

해마다 봄철이면 갈색 강물이 물거품과 뱅뱅 맴도는 잔가지들과 깃털 조각들을 이고 잭슨 거리로 서서히 스며 올라와 결국에는 잭슨빌에서 가장 큰 호텔 앞의 배수로에 이른다. 그러면 주민들은 이제 반경 수마일 이내의 붉은 진흙 바닥이란 바닥은 모두 물에 잠겼음을 알게 된다.

여름에는 등나무 덩굴이 뜨뜻한 아스팔트 위에서 만나 터널을 이루고, 젊은이들이 미지근한 개울에서 헤엄치고, 잡화점의 거대한 천장 선풍기 아래에는 아가씨들의 부푼 드레스가 만드는 오건디[3] 풍선들로 밤마다 환히 빛난다. 땅거미 깔리면 자동차들이 오픈프레임 주택들 앞 갓돌을 따라 늘어서고, 저녁 식사 준비하는 소리가 부드럽게 얼룩진 어둠을 통과해 집밖에서 저녁을 나는 젊은 세계로 흘러간다. 전화가 울리면, 나무 아래 까만 레이스처럼 흔들리는 어둠 속에서 흰색과 분홍색의 소녀들이 튀어나와 모든 사건이 즐거운 이벤트인 곳에나 있는 기대감을 안고 그 찌르릉 찌르릉 소리를 향해 따뜻한 사각형 불빛들을 껑충껑충 타넘는다.

잭슨빌은 아무 일도 일어나지 않을 것 같은 곳이다. 따사

3) organdy: 가볍고 얇고 투명한 모슬린 천.

로운 햇살 아래 게으른 한담 속에 그저 하루하루가 지나갈 뿐이다. 폭력사건, 선거, 결혼, 재앙들, 비즈니스 붐. 모두 같은 가치를 가진다. 둥글고 완전하게. 산발적 노력 이상을 허용하기에는 너무 덥고, 지독히 두서없는 경쟁 이상을 끌어내기에는 너무 순한 기후대의 공기가 가진 울창한 부드러움에 씻겨서.

스테이트 거리 20번지. 내가 어렸을 때 그 집에는 곧게 뻗은 벽돌길 양편으로 잔디가 바늘꽂이처럼 수북이 자랐고, 두 개의 금간 콘크리트 계단이 파란색과 흰색의 팔각형 블록이 깔린 보도로 이어졌다. 아름드리 느릅나무의 뿌리가 보도블록을 쪼개놓았고, 학교 파하고 날아가듯 집에 가던 우리 꼬맹이들이 거기 틈새에 걸려 자빠지기 일쑤였다. 그 집은, 책임의 비중이 그것을 낳은 희망과 역량의 비중보다 빠르게 증가하듯, 가족 수가 가족 소득보다 빠르게 늘어난 대가족을 수용한 것을 면구스러워 하는 집이었다.

20번지에서 해리엇과 몸 약한 어머니와 여동생이 차지하고 사는 공간은 방 하나와 격자난간을 두른 뒷베란다였다. 집의 나머지 부분, 즉 모퉁이 방들과 뒤편 복도들과 계단 아래 비어 있는 공간은 모두 세놓았다. 그 집은 사실상 하숙집이었다. 정겨운 일요 만찬회 같은 부류의 하숙집. 우리가 자라고 해리엇의 어머니가 슬슬 병약해지면서 하숙집은 점차 해리엇의 소관이 되었다. 처음 왔을 때는 살갑지 않던 하숙인들도 얼마 안 가 그 집의 기다란 탁자를 둘러싼 수줍은 허세의 장단에 동참했고, 나중에는 그게 얼마나 껄끄러운 건지 알면서도 그 분위기를 포기하지 못했다. 해리엇은 데이트하랴 학교 선생으로 일하랴 바쁜 와중에도 하숙인들에게도 짬을 냈다. 결혼을 앞둔 젊은 남자들과 철도회사 채권으로 사는 노부부들을 비롯해 저녁마다 해리엇네 응접실 난롯가로 찾아드는 명랑한 무리들 모두 해리엇의 익살스런 야유와 그녀가 그 자리의 허세들을 감싸안는 웃음에서 안정과 휴식을 얻는 듯했다.

그녀가 노인을 대하는 매너는 거리낌 없으면서 흠잡을 데도 없었다. 나머지 사람들에게는 권한을 부여했다. 마음의 평화 유지에 필요한 만큼 자기기만에 빠질 권한. 단, 그들이 그녀 특유의 갑작스럽고 노골적인 웃음을 인정한다면. 그녀의 웃음은 일종의 간지럼 타는 피식거림으로 시작해서 히스테리 발작에 가까운 숨넘어가는 비명으로 끝났다. 그 웃음의 뿌리는 피로감과 압박감에 깊이 박혀 있었다. 그녀의 웃음은 누구의 기분도 신경 쓰지 않았고, 특히 그녀 자신의 기분을 신경 쓰지 않았다. 적어도 해리엇이 고등학교 교문을 지키던 눈먼 비너스와 회반죽 미네르바 사이를 우리와 마지막으로 걷던 때 이후로는 그랬다.

처음에 사람들은 왜 그녀가 학교 선생 일과 하숙집 관리보다 더 눈에 차고 화려한 것에 열중하지 않는지 궁금해했다. 그녀가 가진 에너지와 능력의 낭비로 보였다. 이유가 있다면 그녀가 그 무엇도 포기할 수 없었기 때문일지 모른다. 그녀 인생의 작은 구상 하나, 작은 국면 하나도 포기할 수 없었기 때문에. 그걸 완수했다고 느끼기 전까지는. 그녀는 궁극적인 기대 효과가 나올 때까지 매사 매진한다는 결의에 차서 학교를 떠났고, 그것이 그녀가 고단한 땅을 계속 호미질하게 만들었다. 그녀 앞에 떨어진 잡다한 책임들을 하나의 더 큰 단위의 업으로 바꾸는 대신, 그것들을 하나하나 깁는 가망 없는 패치워크에 매달리게 했다.

모든 곳에는 그곳만의 시간이 있다. 겨울철 한낮 유리 같은 햇살 아래의 로마. 푸른 거즈 같은 봄날 석양에 덮인 파리. 그리고 뉴욕의 새벽 틈새로 흘러드는 붉은 태양. 따라서 당시의 제퍼슨빌에도, 내 생각에는 지금도, 다른 곳 어디에도 속하지 않는 나름의 시간이 있었다. 그 시간은 길모퉁이 가로등들이 깜빡대고 칙칙대며 켜지는 초여름 밤 여섯 시 반쯤에 시작해서, 공 같은 백열전구들이 나방과 딱정벌레로 까매지고 먼지 자욱한 거리에서 놀던 아이들이 잠자리로 불려 들어갈 때까지 이어졌다.

느릅나무 잎들이 스텐실을 찍듯 보도 위에 검은 프리즈[4]를 깔고, 남자들이 셔츠 바람으로 나와 고무호스의 뜨뜻한

4) frieze: 방이나 건물 윗부분을 띠처럼 빙 둘러 장식한 조각이나 그림.

물을 밤나팔꽃과 우산잔디 위에 아치 모양으로 뿌리면, 공기가 선선해지면서 볕에 탄 풀 냄새를 풍겼고, 그러면 꽃이 두텁게 만발한 덩굴 뒤의 숙녀들이 잠시 부채질을 멈추고 숨을 돌렸다. 마을 전체가 부유하는 정적 속에서 밤 아홉 시 산들바람을 기다렸다. 정적이 너무나 완전해서, 여섯 블록 떨어진 곳에서 언덕을 오르는 노면전차의 바퀴 돌아가는 소리까지 들릴 정도였다. 안에서는 저녁 댄스파티에 갈 준비로 바쁜 소녀들이 선풍기의 경련하는 바람과 땀이 뚝뚝 듣는 더위 사이에서 애를 먹었다.

전쟁 중이던 어느 날 밤[5], 일은 그렇게 시작됐다. 해리엇은 그때 겨우 열아홉 살이었고, 그녀의 고생이 시작될 무렵이었다. 초인종이 울렸고, 그녀는 블루머[6] 차림에 커다란 목욕용 타월을 두르고 문을 열었다. 아홉 시 이전의 초인종은 주로 전보, 또는 그 비슷하게 문 너머로 손만 내밀고 받을 수 있는 뭔가를 뜻했다. 그녀는 문을 몸 앞으로 도로 당겨 가리

5) 1차 세계대전 후반인 1917년 4월, 미국이 독일에 전쟁을 선포하면서 남부 해안 각지에 파병을 위한 주둔지가 생겼다. 당시 젤다의 고향인 앨라배마 몽고메리도 캠프 셰리든의 병사들과 캠프 테일러의 비행사들로 넘쳐났다. 1918년 18세였던 젤다는 이때 육군 보병대 소위로 캠프 셰리든에 배속되어 있던 스콧을 만났다. 스콧의 부대가 프랑스 파병을 위해 캠프 밀스로 이동해 대기 중일 때 휴전협정이 이루어졌기 때문에 스콧의 군 이력은 국내 복무로 끝났고, 스콧은 이듬해 2월에 제대했다.

6) bloomers: 여성용 속바지. 과거에 여성이 운동을 하거나 자전거 탈 때 입던 무릎까지 오는 헐렁한 반바지를 뜻하기도 한다.

개로 삼았다. 그녀는 그렇게 문밖의 댄 스톤과 처음 만났다. 현관 불빛을 받아 그의 높은 부분들이 환하게 빛났다. 희랍 운동선수처럼 건장한 다리에, 각진 턱과 가지런한 치아가 돋보이는 잘생긴 오하이오 남자의 얼굴. 그는 어깨가 떡 벌어진 건장한 군인이었다.

남자의 등 뒤에 여자가 한 명 서 있었다. 어둠 속에서도 해리엇은 그녀가 남부 여자가 아니라는 것을 알 수 있었다. 여자의 검은 머리는 여름철 개울 흙탕물에서 멱을 감으며 컸다고 보기엔 지나치게 매끄러웠고, 몸에 딱 맞춰 똑 떨어지게 재단된 짙은 색 옷은 더위를 식히기 위해 30분씩 자주자주 쉬어 주어야 하는 형편이 가지기에는 무리였다. 해리엇은 모험을 예고하는 상황에 항상 따르는 두근대는 당혹감에 휩싸였다. 해리엇은 웃었고, 남자도 웃었다. 남자의 어깨 뒤 두 눈동자는 낡은 베란다에서 결성된 즉각적인 동지애에 움찔 놀랐다.

남자는 해리엇에게 자신의 상황을 설명했다. 완전무결한 *타이외르*[7]를 입은 맑은 눈의 아가씨는 그의 약혼녀 루이스인데, 호텔들은 로비마다 부채꼴 성조기와 카키색 군모와 적십자 포스터가 뒤덮고 있어서 도저히 약혼녀를 혼자 두고 올 분위기가 아니었다. 그의 모친이 남부로 오기로 되어 있었지만 병이 나서 그러지 못했다. 그의 연대는 조만간 이동

7) tailleur: 남성복과 비슷한 형태의 재킷과 긴 스커트로 이루어진 여성용 투피스 정장.

할 예정이며, 그때까지 루이스가 따뜻한 비스킷과 아이스티와 신선한 샐러드를 먹으며 지낼 만한 곳이 있을까 해서 이렇게 해리엇의 어머니를 찾아왔노라고.

그렇게 루이스와 해리엇은 3주 동안 같은 집에 살면서 친구가 됐다. 3주면 전쟁 중에는 긴 시간이었다. 해리엇은 루이스를 제퍼슨빌의 노랗게 흐느적대는 늦은 오후의 세계로 인도했다. 자동차에 올라 과일이 발치에서 썩어 가는 먼지 자욱한 고광나무 생울타리를 끼고 달리는 세계, 시골 가게 옆 나무통에 시원하게 넣어둔 코카콜라의 톡 쏘는 달콤함과 김이 오르는 멕시칸 핫도그 매대의 군침 도는 세계, 그리고 더위를 피해 일 년이면 아홉 달을 네잎장미 우거진 비탈 아래서 잠자는 마을이 가진 온갖 미스터리의 세계로.

제퍼슨빌에서 우리는 서로 모르는 게 없었다. 각자가 어떻게 수영하고 춤추는지, 집마다 부모가 몇 시까지 집에 들어오라고 하는지, 무슨 음식과 무슨 음료와 무슨 화제를 좋아하는지 훤히 알았다. 그리고 나중에는 우리 모두가 군복을 입고 몰려온 키 크고 우람한 연상의 청춘들에 맞서 하나가 되었다. 그들은 지루함에 겨워 아이스크림 가게와 컨트리클럽[8] 무도회를 습격하기 시작했다. 또한 그들은, 사람들

8) country club: 교외에 테니스 코트, 골프 코스, 경마 트랙 등을 갖추고 도시의 부유층에게 전원생활을 누릴 환경과 시설을 제공하는 클럽. 1882년 보스턴 교외에 설립된 브루클린 클럽이 최초의 컨트리클럽이었다.

이 같은 시간을 같은 것들로 채우기를 좋아한다는 사실을 초석 삼아 세워진 친분 사회의 태평무사함을 뭔가 진지한 실체로 바꾸기 시작했다. 우리는 다섯 시에 수영했다. 내리쬐는 뜨거운 해가 그 시간 이전의 물놀이는 허용하지 않았다. 그런데 한랭 기후대 출신의 단체가 도래하자, 다섯 시 수영과 여섯 시 소다 타임은 제퍼슨빌의 다리 길고 싹싹한 청년들도 따라가기 버거울 만큼 일사천리로 진행되는 자의식 강한 의례로 변했다.

남자들이 넘쳐나니 여자들이 귀해졌다. 제퍼슨빌의 취향에는 키가 너무 크거나 너무 새침한 소녀들도 혼자 하는 소일거리들에서 불려나와 장병들과 춤을 추었고, 여름밤이 새도록 그들의 외로움을 달래 주었다. 그러니 원래 인기 있었던 소녀들은 어떠했을지 상상해 보라! 해리엇 집의 낡아 기울어진 베란다는 거의 제복 일색이었다. 신병 모집소를 방불케 했다.

루이스가 덩굴에 뒤덮인 뜨거운 남부를 깊디깊게 겪는 3주 동안 댄도 해리엇 집을 항상 드나들었다. 아래층 현관에서 그의 기척이 들리는 순간부터 시작되는 파우더 바람과 다급한 비명들과 쾅쾅 대는 문소리를 뚫고 드디어 소녀들이 모습을 드러낼 때까지 그는 난간에 고무인간처럼 느긋하고 기다랗게 앉아서 또는 계단 아래에 서서 햇살에 젖은 얼굴로 그녀들을 기다렸다. 그는 매일 저녁식사 전에 반딧불처럼 조용히 와서, 마지막 전차가 마른번개를 화물처럼 싣고 어둑한 거리들을 내려가 캠프로 향할 때까지 머물렀다.

댄과 루이스는 처음에는 우리를 꺼렸다. 두 사람은 스크린도어를 탕탕 닫고 깔깔대며 계획을 앞뒤로 외쳐대는 게으른 무리들을 피해 시내로 나갔다. 그리고 비행기 프로펠러처럼 거대한 선풍기 아래에서 저녁을 먹었다. 그들은 통째로 찐 옥수수가 식기를, 아이스크림이 녹기를 기다렸다. 그들은 울창하고 비옥한 더위 속에서 먹는 데 익숙하지 않았다. 그러다 그들도 서서히 해리엇 집 베란다의 들썩들썩하는 관성의 일부가 되었다. 댄은 그것을 즐겼지만, 남색 머리와 옥색 눈의 루이스는 카키색 제복 남자들의 말 냄새와 아열대의 백색 꽃들이 내는 짙은 향기 속에 차츰 길을 잃고 겉돌았다. 은은하게 그늘진 어느 모퉁이에서 댄의 화통한 웃음이 울려 퍼졌고 그 소리는 천둥이 지나가는 소리처럼 매번 가까워졌다. 다음에는 같은 장소에서 기하학적 무늬의 레이스를 닮은 저녁 어스름을 뚫고 해리엇의 당당하고 장난스럽고 스스럼없는 웃음이 흘러 나왔다.

그들은 항상 함께였고, 루이스가 떠나기 전 마지막 며칠 동안은 세 사람 사이에 모종의 절박감이 감돌았다. 댄은 정직하게 행동함으로써 해리엇 앞에서 루이스에게 상처 주어야 한다는 강박에 시달리는 사람 같았다. 그가 짜증을 내거나 무례하게 군 건 아니었다. 다만 전에 없던 원기 왕성함으로 루이스를 겁먹게 했다. 그녀는 섬뜩한 남성성으로 생각하고, 그는 본인 특유의 기질이라고 생각하는 그것. 두 사람은 함께 있는 것이 더는 행복하지 않은 이유에 대해서조차 합의를 이루지 못하는 듯했다.

어느 뜨겁던 날 다섯 시에 그는 서둘러 루이스를 데리고 역 승강장의 눅진눅진한 판자들을 건너 경주마 같은 이름이 붙은 길고 날렵한 열차에 올랐다. 열차가 출발하기를 기다리는 동안 두 사람은 증기기관 시대의 따끔거리는 녹색 의자에 마주보고 앉았고, 약혼을 파기했다. 무쇠와 객차 칸막이와 윙윙대는 선풍기가 자아내는 북부의 견고함이 자기 방어 기제로 작용했는지, 그것이 루이스에게 댄이 약혼을 깨려 한다는 현실을 직면할 확신과 용기를 주었다. 한편 댄은 증기기관차 옆 물을 뚝뚝 흘리는 얼음 수레에서, 그 한가로움에서, 선로 옆을 흐르는 흙탕물 강에서, 화차들과 졸고 있는 짐꾼들 위로 지붕 덮개를 길게 드리운 낮은 벽돌 역사에서 뭔가를 발견한 듯했다. 지금 자신이 말 한마디로 루이스의 인생을 그녀가 지난 2년간 생각해왔던 것과는 전혀 다른 것으로 바꾸고 있다는 현실을 개의치 않게 만드는 뭔가를. 이윽고 열차 뒤편에서 "승차!"를 알리는 숨 막히는 경보 소리가 울려 퍼지자 댄은 어떤 가책도 회한도 없이 열차 계단을 뛰어 내려갔다.

그는 해리엇의 집에 평소보다 단지 10분 늦게 도착했다.

그것이 그에게 의미하는 바는 삐걱대는 그네의자의 자리를 뺏겼다는 것과 그녀가 장밋빛 남부 오건디의 산뜻함 속에 10분 더 잠겨 있었다는 것뿐이었다. 둘은 한가로운 거리의 빛과 어둠 속으로 함께 달려 나갔다. 그들은 사랑에 빠졌다.

몇 달이 흘렀다. 그동안 바다 건너 전쟁은 제풀에 끝났다. 댄은 군 수송선이 기다리는 출항지로 이동해서 출항 전야를 뉴욕에서 기념하기까지 했으나 결국 출항은 영영 없었다. 그동안 해리엇은 열두어 번의 연애와 백 번의 가슴앓이를 더 거쳤다. 그때야 댄은 해리엇에게 오하이오로 자기 어머니를 뵈러 오라는 편지를 보냈다.

두 사람이 결혼을 약속한 지 어느덧 오랜 시간이 흘렀고 멀리서 편지만 무수히 주고받던 터라 사실 둘의 관계는 현실보다는 인생의 과거 이력에 가까웠다. 하지만 해리엇은 여행에 나서기로 했다. 댄과 공유했던, 서로를 발견한 순간들을 되살리고 싶은 막연한 마음이 있었다. 닫힌 문간에 줄줄이 꽂혀 더위에 누렇게 변해 가는 신문들, 이글대는 태양 아래 바싹 말라가는 잔디밭들, 이미 불타는 보도 위로 물수제비뜨듯 태양 광선을 반사하는 유리창들. 8월의 제퍼슨빌은 버려진 도시였다. 해리엇은 그곳을 뒤로하고, 앨라배마의 달 아래 훈훈하고 아름다웠던 전시(戰時)의 밤을 되찾기 위해 북부를 향해 떠났다. 그녀가 오하이오에서 만날 것으로 기대한 건 사이프러스 늪지에서 목이 쉬게 우는 개구리 소리, 시꺼멓게 더껑이 앉은 물에 번쩍이는 달빛, 외딴 통나무집 굴뚝에서 피어오르는 소나무 냄새들, 그리고 무엇보다, 가죽 군화와 군복 차림의 훤칠한 젊은이들—젊고 낯선 이방의 병사들, 그녀 인생에서 가장 열정적인 시간의 정복자들—이었다.

그러나 기대는 빗나갔다. 해리엇이 집에 보낸 편지에 따르면, 댄이 그녀를 마중 나온 곳은 유리와 타일로 지은 거대한 역이었다. 해리엇이 평생 본 것 중 그것과 가장 비슷했던 건 병원 수술실이었다. 역에 내리자마자 그녀의 목덜미에서 불안감이 솟아올라, 그때까지 그와의 재회를 고대하며 느껴온 소소한 즐거움을 허물어뜨렸다. 역사의 천창에서 파란색과 흰색 광선이 입술에 바른 루주 위로 인정사정없이 내리꽂혔고, 남부의 부드럽고 보송하게 퍼지는 햇빛을 벗어난 볼연지는 확연히 설득력을 잃었다. 거기다 그의 눈에는 다른 소득 계층의 여자를 접한 남자에게 흔히 나타나는 머쓱한 표정이 어렸고, 그의 정중함도 그것을 지우지는 못했다. 고요한 베이지색 묵직함 속에, 짧게 깎은 나무들과 하얗게 번쩍이는 파사드들이 늘어선 도로가 연달아 미끄러져 지나갔고, 드디어 그녀는 유리가 번쩍이는 철문 앞에서 그의 부축을 받으며 차에서 내렸다. 안에는 그의 어머니가 기다리고 있었다.

댄의 어머니는 인쇄한 페이지처럼 간명한 격식과 흑백이

뚜렷한 외관을 과시했고, 고단하고 지친 노인들에게 익숙한 해리엇은 공황 상태에 빠졌다. 그녀는 무수히 많은 은색 액자들과 벽을 화려하게 둘러싼 책들 때문에 정신이 혼미해졌다. 그녀의 눈은 자꾸만 구석에 놓인 꽃바구니들 뒤로 또는 곰 가죽 러그 밑으로 숨어들었다. 불길한 시작이었다. 그녀는 달아나고 싶었다. 그 붉은 벽돌 저택에서 지내면서 안주인을 대면할 때마다 문득문득 창밖으로 몸을 던지고 싶은 기분을 벗어나지 못했다.

사람들은 여름밤을 주로 카바레에서, 아니면 컨트리클럽으로 나가 널따란 자갈길 진입로의 제라늄 꽃밭 사이를 거닐면서 보냈다. 도시에 머물러 있는 사람은 적었고 파티들도 많지 않아서, 그들은 나중에는 루이스까지 초대했다. 옛정을 생각해서. 4인조[9]를 완성하기 위해서.

때로 그들은 잘 다져놓은 타르 도로를 따라 놀이공원에 갔다. 해리엇은 그때가 제일 좋았다. 거기서는 팝콘의 뜨거운 버터 냄새와 사격장의 매캐한 연기와 회전목마의 시큼털털한 놋쇠 냄새 위로, 마치 전쟁 때의 메아리처럼, 둘의 웃음소리가 동시에 밤공기를 울렸다. 하지만 그런 순간들은 드물었다.

한편 루이스와 댄은 클럽 베란다의 고리버들 의자와 기

9) foursome: 과거에 사교, 게임, 스포츠 활동에 필요로 하던 최소 인원수를 말한다.

다란 반투명 유리잔에 대한 공통의 취향을 재발견했다. 골프채의 덜걱거림과 자동차 경적과 바에서 흘러나오는 포커칩의 어둑한 쟁강거림 속에서 그들은 상류층 사이에 조용히 유행하는 감상주의에 서서히 빠져들었다.

해리엇에게는 이 모든 것이 하나의 광고 삽화처럼, '팜비치에서는 모두가 멜리플로(Melliflors)를 피우죠.'라는 캡션이 달린 광고처럼 다가왔다. 이 경우에는 '오하이오에는 더 좋은 최고의 젊은이들이 더 많이 있어요.'라고 해야 맞을까. 그녀는 자신의 원기 왕성한 웃음이 낯설어졌고, 자신의 자유 분방한 남부 매너가 새삼스러워졌다. 그녀는 남들에게 이방인이었고, 그걸 깨달으며 자신에게도 이방인이 되었다. 그녀는 한번도 부잣집 '규수'였던 적이 없었기에, 한번도 상류층의 자기 방어적 격식과 내숭을 배우지 못했다. 그녀는 그들의 플란넬처럼 하얀 오후에 붙어 있는 한 조각의 외로운 부속물이었다.

방문 기간의 마지막 주가 되자 해리엇은 차라리 안도감을 느꼈다. 이때쯤 루이스는 저택에 거의 붙어있다시피 했다. 그녀의 나직한 목소리가 카펫이 두껍게 깔린 계단을 두런두런 오르내리거나, 댄의 어머니와 함께 이런저런 일들을 방지하기 위한 이런저런 연합들과 단체들과 협회들을 열의 없이 논했다. 그녀는 이 조용한 저택에 속한 존재였다. 은그릇의 둥근 면을 따라 노래하는 촛불, 딸기 밑에서 번쩍이는 금 접시, 유리보다도 무거울 것 같은 거기 담긴 물. 그 어느 것도 그녀의 차분한 해거름 같은 눈에서 압도적인 혼란이나 주체 못할 역부족을 일으키지 못했다.

해리엇은 이 모든 것을 감지했고, 그래서 댄이 그녀에게 루이스와 결혼하고 싶다고 털어놓았을 때도 그가 예상한 만큼 상처받거나 놀라지 않았다. 그때 그녀가 원한 건 제퍼슨빌의 맨 마룻바닥과 일요일에 굽는 육즙 가득한 햄과 하숙집 식탁의 녹색 테두리 접시들이 달각대는 정든 소리뿐이었다.

집에 돌아온 그녀는 우리에게 북부의 클럽과 자동차와 사람들의 옷차림에 대해 시시콜콜 말해 주었고, 댄에 대해서는 그저 그와 결혼하지 않기로 했다고만 했다. 차마 어머니를 두고 떠날 수 없었다고.

나는 그 무렵 제퍼슨빌을 떠났다. 하지만 보지 않아도 눈에 선하다. 그곳에 겨울이 오는 광경. 해리엇네 응접실에 모이는 무리들이 늘어나고 그 무리가 아마도 해리엇보다 어려지는 광경. 크리스마스가 다가오면서 농지거리와 주사위 놀음과 아가씨들에게 지분대는 것이 낙인 대학생들이 수십 명씩 모여드는 통에 해리엇은 혼자 있으려면 집 밖으로 나와야 했다. 토요일 밤 댄스파티에서 그녀는 춤을 한 스텝도 추지 않고도 이 품에서 저 품으로 옮겨 다녔다. 모두가 그녀를 좋아했고, 그녀의 지치지 않는 유머와 사심 없는 친분을 좋아했다.

나이 든 사람들은 그녀가 온종일 일하고 밤새도록 춤을 추면서 짬짬이 하숙집까지 돌보고, 그러면서 언제나 웃고 행복할 수 있는 용기가 어디서 나오는지 모르겠다고 탄복했다. 그녀는 버는 돈을 조금씩 꾸준히 모아서 매년 두 번씩 대도시로 여행을 다녔다. 어느 해 여름에는 뉴욕으로 나를 만나러 왔다. 프랑스어도 겉핥기로나마 익혔고, 부유층이 읽는 잡지들도 보는 족족 샀다. 그녀는 제퍼슨빌이 줄 수 있는 것보다 규모 있는 교양을 스스로 취하기로 작심했다.

이후 다섯 번의 여름과 겨울이 느린 강물을 덥혔다 식히며 타운의 샐비어 화단과 체로키장미 생울타리와 갈풀 우거진 풀밭 위로 부드러운 안개처럼 지나갔다. 해리엇이 종이인형을 그려주던 아이들이 어느덧 자라 컨트리클럽 댄스파티들을 접수했고, 그녀 세대의 대부분은 아이를 둔 부모가 되었다.

나는 가끔씩 고향을 방문했고, 해리엇과 함께 자란 여자들이 브리지게임 탁자에서 그리고 아기침대 옆에서 그녀를 은근히 측은해하는 말들을 들었다. 여자들은 그녀가 과거에 그 남자 또는 저 남자와 결혼하지 않은 이유를 추론했고, 그녀가 교외 방갈로[10]의 금빛 라디에이터와 꽃무늬 커튼 대신 분필가루 날리는 초등학교와 나이든 하숙인들의 신세타령

10) bungalow: 넓은 베란다가 딸린 목조 단층 주택. 인도 벵골 지방에서 유래한 주택 양식이다.

을 택한 이유를 궁금해했다.

사람들은 떠났고, 또 돌아왔다. 그녀의 결혼한 친구들이나 군복무 시절 그녀와 알고 지낸 남자들은 그녀가 조금도 변하지 않았다고 했다. 그녀는 이제 도시 외곽을 따라 늘어선 비싸고 하얀 방갈로에 사는 사람들과 어울렸다. 그들은 은제 칵테일 잔을 소유했고, 촛불 아래 만찬을 들었고, 절임 캐비아 맛을 즐겼다. 그들은 초대장이나 소개장을 들고 도착한 사람들, 또는 연주회나 강연회를 위해 방문한 사람들 같은 제퍼슨빌의 이방인들을 위해 다과회와 디너를 열었고, 밤늦게까지 파티를 벌였다.

찰스도 소개서를 들고 도착한 사람들 중 하나였다. 그는 건축가였다. 제퍼슨빌은 인심 좋은 고장으로 유명한 만큼이나 예스런 계단과 팬라이트[11]의 고장으로 유명하다. 그와 해리엇의 만남은 좀 별난 방식으로 이루어졌다. 그는 어느 날 밤 무작정 문을 두드렸다. 현관 불빛이 그의 떡 벌어진 어깨와 희고 가지런한 치아를 환히 밝혔다. 그는 키가 컸고, 그녀를 보자 박장대소했다. 그녀가 펄럭이는 속옷들 위로 목욕 타월을 둘둘 감고 있었기 때문에. 당연히 그녀는 그가 그토록 예기치 않게 들이닥쳐 방을 요구할 줄 몰랐다. 둘은 함께 웃었고, 그녀는 그때 분명히 느꼈다. 삶에 흥미를 잃는 두

11) fanlight: 채광이나 장식을 위해서 현관문이나 창문 위에 부채꼴 모양으로 만든 창.

려움이 두 사람의 호탕하고 낭랑한 웃음에 쫓겨 낡은 베란다에서 뛰어내려 허둥지둥 퇴각하는 것을.

두 사람이 어디서나 함께 있는 것이 끝없이 목격되었기 때문에 그들이 함께 떠나 결혼했을 때 크게 놀라는 사람은 없었다. 짐작하다시피 그는 오하이오 사람이었고, 공이 많이 드는 잡다한 준비에 시간을 보내며 기다릴 마음이 없었다. 이것이 2년 전의 일이다. 소식에 따르면 둘은 현재 더없이 행복하다. 하기야 전에도 그녀는 항상 행복해 보였고, 또 그럴 자격이 있었다. 두 사람은 값비싼 철문 뒤에서 그의 어머니와 함께 산다. 그의 어머니는 검정 호박단 상복 차림의 매우 부유하고 무시무시한 과부이며, 해리엇은 이런저런 각종 연합들과 단체들을 위해 일하는 데 많은 시간을 쓰는 것으로 안다.

그들의 삶은 촛불로 가득하고 번쩍이고 빛나는 것들로 가득하다. 그리고 물론 그녀에게도 아기가 생겼다. 사진을 보면 아기인데도 나이에 비해 크고 어깨가 벌어졌다. 그녀는 아기 이름을 댄으로 지었다. "왜냐면," 그녀가 내게 썼다. "정말로 어울리는 이름은 그것뿐이니까."

재능 있는 여자

THE GIRL WITH TALENT

◊

과열된 겨울 해가 지하층 계단을 따라 내려오며 차가운 돌 계단의 귀퉁이들을 후벼 파서 살아 있는 입체파 무늬들을 만들었다. 해가 얼핏 스치자 중국 식당을 테처럼 두른 빨간 전구와 초록 전구들이 순간 불이 들어온 듯 깜빡였다. 해는 2층 의상대여점 간판의 금박을 타다 미끄러져 43번가 극장의 캐노피 아래로 철퍼덕 떨어졌다. 다음에는 트럭과 택시 소음과 냄새, 허디거디[1], 사기그릇 간이식당, 치과 창문에 붙은 거대한 치아를 굽이굽이 지나 미장원의 기름기 흐르는 뜨뜻한 연기 사이를 뱀처럼 스르륵 통과해 누추한 이발관 진열장의 직사각형 유리판을 번쩍였다. 그러더니 냉정한 셈속이 있는 듯 내가 나온 골목은 피해갔다. 햇빛도 외면한 골목에는 인적 없이 그물 같은 비상계단들만 엉겨 있었고 디킨스 시대 영국 거리 같은 을씨년스러운 회색빛 적막만 가득했다.

1) hurdy-gurdy: 유랑 악사들이 거리에서 연주하기 좋게 소형화한 휴대용 풍금. 한 손으로 손잡이를 돌리고 다른 손으로 건반을 누르며 연주한다.

거기는 극장으로 통하는 골목이었다. 녹색 베이즈[2] 도어들이 늘어서고, 배수로에는 어제 주간 공연의 프로그램 쪼가리들이 처량하게 떠다녔다. 나는 녹색 유리에 *무대 입구*라는 글자를 새겨놓은 곳으로 들어갔다.

극장은 어두웠고, 어둠에 구멍처럼 뚫린 빛 속에서 검정 단발머리 여자 한 명이 무대를 날듯이 누볐다. 여자는 올겨울 히트곡 가락에 맞춰 탭댄스로 폭포수 같은 리듬을 만들었다. 여자의 움직임에 따라 그녀의 머리카락이 당돌하고 진지한 얼굴을 드러내며 뒤로 흘렀다. 다이빙했다가 수면으로 올라오는 사람의 머리처럼. 그녀가 문득 춤을 멈췄다. 어딘가에서 깊은 미소가 빙긋이 올라와 그녀를 감쌌다. 그녀의 모든 제스처는 이렇듯 무의식적이었다. 마치 거대한 품위와 절제에 포개 놓은 것처럼. 그리고 세상 사람들뿐 아니라 그녀 자신에게도 놀라운 일이라는 듯이. 극장 매니저들에게는 섹시함으로, 안목 있는 관객에게는 육체적 흡인력으로, 공연계의 저속한 방면에 널리 퍼져 있는 적들 사이에서는 재능 부족으로 통하는 특징이었다. "세상에," 적들은 툭하면 이렇게 말했다. "그 여자는 뭐하나 할 줄 아는 게 없어요. 노래를 부를 줄 아나, 춤을 출 줄 아나, 거기다 체격은 소고기 먹는 맥주병 같잖아요—" 하지만 어떠한 중상과 비방

2) baize: 당구대 등에 까는 녹색 모직 천.

도 스타덤과 거기 맞는 전용 분장실을 차지하기 위한 그녀의 전진을 방해하지 못했다.

루는 강철 케이블들과 늘어진 로프들과 정원 배경 조각들이 만든 미로를 요리조리 빠져나와 콘크리트 벽에 기대서서 기다리는 내 쪽으로 왔다. 나는 그녀의 씩씩한 리듬을 따라갔다. 우리는 전기 스위치들과 흡연 관련 표지들로 가득한 기다란 석조 복도를 따라서, 식수대와 백합 모양 컵 무더기와 기우뚱한 의자에 앉아 있는 한 늙은 남자를 지나고, 주머니에 손을 넣은 남자 두 명과 소화기구 하나를 지나서, 가운데에 스텐실로 별을 찍어 놓고 그 아래 박스에 *미스 로리*라고 써놓은 회색 문으로 갔다. 보드라운 파란색 발레 스커트 두 벌이 문을 배경으로 형태 없는 구름을 만들고, 거울 위에 걸린 새장 속에서 전구가 황금 새처럼 돌고, 거울 가장자리에는 카드와 종이가 잔뜩 꽂혀 있었다. 그중 지난 프로그램 뒷면에 적은 시와, 레이스가 달린 빅토리아풍 밸런타인데이 카드가 눈에 들어왔다. 장문의 전보문 두 개, 명함 몇 개, 길게 구불대는 풀 속에서 노는 예쁜 아기 사진이 있고 그 옆에 젊고 잘생긴 남편의 신문 사진도 있었다. 1면의 사분의 일을 족히 차지할 만큼 부유하고 유명한 남편.

이 모든 것이 그녀의 것이었다. 거기다 변칙성의 아우라를 발산하며 싱글대는 바하마 하녀와 방 모퉁이 라디에이터 위에서 하늘대는 회색 다람쥐 코트의 보드라운 유혹까지 있었다. 골목 너머에서는 과감하게 큰 자동차가 대기 중이었다. 루의 황홀한 소유물 목록을 천천히 맘속으로 돌려보다가 나도 모르게 이런 말이 튀어나왔다. "이런 행운의 아가씨 같으니—모든 걸 가졌어." 그녀는 머리에 거즈 밴드를 두르고 큼직한 콜드크림 통을 연신 후벼팠다. 그녀가 거울 속의 내게 대답했다. "맞아요. 칵테일 한 잔만 빼고. 얼른 나가서 한 잔 해요."

우리는 조용히 공명하는 통로를 빠져나와 짧은 계단을 내려가서, 공중제비 도는 반짝이 조각 같은 1월의 해를 따라가다가, 해는 입구에 놓아두고 오렌지주스와 진 냄새가 나는 어두컴컴한 식당으로 들어갔다. 루의 댄싱 파트너는 거기서 담배로 자기 주위에 연막을 치는 데 여념이 없었다. 두 사람은 웃고 떠들고, 서로 허물없이 툭툭 치면서 나는 반만 알아듣는 업계 은어로 일 이야기를 했다. 그녀가 그와 친하다는 걸 알 수 있었다. 우리 모두 즐거운 시간을 보냈다. 그렇지만 그 와중에도 그녀에게서 어딘지 스스럽게 시간의 경과를 기다리는 어색한 기색이 느껴졌다. 마치 5시 15분을 기다리는 사람처럼. 파트너가 그녀에게 진을 너무 많이 마시는 것을 두고 반농담조로 설교를 늘어놓았고 결국 그것이 그녀의 부아를 돋웠다. 우리는 자리를 떴다. 거리로 나온 그녀는 초겨울 밤에 뭔가 장대한 자취를 맡은 혈통 좋은 사냥개처럼 보도 갓돌 위에 버티고 섰다. 그녀의 구두에 달린 눈부신 은색 버클이 뛰쳐나가고 싶어 들썩이는 발처럼 반짝이고 또 반짝였다. "제기랄," 그녀가 외설스럽게 내뱉었다. "이게 뭐야—"

센트럴파크를 굽어보는 높은 곳에서 아름다운 아기가 당근 수프를 먹고 있었다. 스프 안에 바삭한 것들이 들어 있어서 작은 입이 계속 오물대며 동그랗게 움직였다. 그 리듬 타는 움직임에 가려져서 그렇지, 루와 놀랄 만큼 닮은 입이었다. 마분지처럼 뻣뻣한 유모가 유아용 고리버들 의자 옆을 지키고 서서 오케스트라 지휘자 뺨치는 섬세한 손놀림으로 숟가락을 요리조리 움직이며 맘속으로는 여주인이 언제쯤 올지 조심스럽게 살폈다. 높다란 거실의 튜더 양식 화려함과 오크 색 그림자 속에 잘생기고 젊은 남편이 앉아 있었다. 그의 광대뼈는 어둠에 하얗게 맞서고, 경사진 턱은 유난히 매섭고 강렬했다. 값비싼 드레스 세 벌이 주인을 기다렸다. 하늘색 주름들과 반짝이는 단추들이 신중한 상자 뚜껑들을 압박했다.

높고 멋진 아파트에 루는 여전히 없었다. 샤워기를 요란하게 틀어놓고 욕실의 소독한 타일을 방송 장치 삼아 물이 출렁대고 콸콸대는 소리와 날카롭게 찢어지는 휘파람 소리를 증폭하는 루는 없었다. 육중한 그림자들 안팎을 배회하며 위압에 반항하는 루, 하늘이 자체의 무게로 펴고 둥글려서 품위 있는 선으로 완성한 어깨를 뽐내며 패널 벽이든 대리석 벽난로든 가정의 어떠한 지배도 받아들이지 않는 루. 그녀는 아직 없었다. 이렇게 작은 아기가 이렇게 많은 수프를 먹고 있는 것을 안쓰럽게 여길 루는 아직 없었다.

그 시각 그녀는 아늑한 리무진의 베이지색 구석자리에 놀랄 만큼 미동도 없이 앉아 있었다. 그녀는 얼어붙은 호수에 뚫린 구멍 같은 커다란 눈을 돌려 십자처럼 얽힌 고가도로를 바라보았다. 빙글빙글 도는 빨갛고 노란 불빛들과, 네모를 만드는 초록 불빛들과, 별과 글자와 갖가지 형체를 만드는 전구들을 보았다. 나는 그녀가 생각에 잠겨 있다고 여겼다. 아니면 아이들이 자동차에서 콧노래를 흥얼댈 때처럼 기분 좋은 승차감을 즐기고 있거나. 그래서 나는 그녀를 방해하지 않았다. 우리는 집까지 가는 내내 아무 말 없었다. 자동차는 스멀스멀한 약품 냄새, 빵집과 휘발유와 먼지 냄새, 코를 찌르는 마찰의 냄새, 그리고 영업시간의 긴장이 풀어진 뉴욕의 밤거리들로 탈출한 온갖 소진된 것들의 냄새를 따라 움직였다.

우리는 늦었다. 우리가 마침내 도착했을 때 그녀의 남편은 몹시 화가 나 있었다. 짜증낼 만반의 준비를 하고 문을 열었는데 불청객까지 딸려 온 것을 보고 더욱 황당한 기색이었다. 무도회장에 파자마 차림으로 서 있는 자신을 발견하거나 화창한 아침에 야회복을 입고 잠에서 깬 기분이 아니었을까.

"극장 시간에 늦겠소." 그가 기계적으로 말했다.

"알아요. 서두를게요. 내 드레스들은 왔나요? 다 같이 저녁 먹을까 생각했어요."

"저녁! 맙소사, 지금 여덟 시요! 다행히 진에도 영양이 풍부하다지."

"일말의 재량도 없어요—아니, 열량도 없어요. 오, 잔소리 말아요. 잔소리, 잔소리, 나는 당신에게 절대 잔소리하지 않잖아요."

버클 달린 구두가 바닥을 쩡쩡 리듬 있게 울렸다. 크고 투명한 눈에 눈물이 고였다. 분노의 말들이 고양이 장난감처럼 나직하게 왔다갔다 날았다. 북아메리카 인디언 같은 준엄한 표정이 그의 아주 훌륭한 얼굴 옆선에 내려앉았다.

"나도 신경 안 써요." 그가 말했다. "저 저속한 극장 사람들만 아니라면 말이오. 루가 어떻게 그런 사람들을 상대하는지 모르겠어요. 그들 무릎에 앉아서 얼굴이라도 핥아대는 건가."

이 포괄적인 비난의 대상에 어쩐지 나도 들어 있는 듯해서 나는 술김에 항변에 나섰다.

"한때 말이죠," 내가 입을 열었다. "눈부시게 빛나는 유리의 집이 있었어요. 다이아몬드 뺨치게—"

그는 내 눈앞에서 꼿꼿이 얼어붙었다. 그리고 초기 식민지 시대 목사가 신도들에게 작별을 고할 때나 적용했을 법한 근엄한 자비심을 선보이며 우리에게 좋은 밤을 보내라고 말하고는 소리 없이 문을 닫았다. 루가 내뱉은 "그래, 이걸로 끝이야."라는 말에 나는 이제 그녀가 더없이 뭉클한 매미[3)]의 노래를 부를 수 있겠구나, 하는 서글픈 생각이 들었다.

겨울이 깊어 갔고, 팬지 씨앗과 튤립 구근 뭉치들이 6번가의 꽃가게들을 어지러이 채웠다. 갑자기 바람이 몰아쳐 햇살을 하늘 높이 날리고, 꽃장수 바구니의 보라색과 노란색 꽃잎들을 구겼다. 루의 공연은 막을 내렸다. 그녀가 무대에서 보여주는 풋내어린 아마추어다운 풍미로는 스타 자리를 맡아 뉴욕 관중의 변덕에 떠는 겨울을 헤쳐 나가기 역부족이라는 것을 증명한 무대였다. 쇼가 떠난다는 기사를 읽었을 때 나는 아마 그녀도 눈총 따가운 공연계를 떠나 보다 평화로운 가정생활로 돌아갈 거라고 생각했다. 하지만 그런 일은 일어나지 않았다. 시간이 지나 봄이 왔다. 길에서 아는 사람을 만나면 "어느 배편으로 떠나시나요?"가 인사말 노릇을 하는 계절이었다. 나는 5번가 어느 모퉁이에서 루와 마주쳤다.

"오, 안녕!" 루가 외쳤다. "언제가 출항이에요?"

회색 망토가 동화 속 삽화처럼 그녀 뒤로 활짝 펴졌고, 서늘한 해가 그녀의 의상 주위로 금속 조각들을 뿌렸다. 그녀의 생동감 넘치는 모습으로 보건대 증기선 탑승권 예매소에

3) mammy: 과거 미국 남부에서 백인 가정의 아이를 돌보는 흑인 여자를 부르던 말.

서 오는 길이었다.

"머지않아 거기서 봐요." 내가 약속했다.

"꼭 그래야 해요. 내가 레 자르카드(Les Arcades)에서 춤을 출 예정이거든요. 세상에 뒤처지지 않으려면 거기를 놓쳐서는 안 되죠—"

신호등이 바뀌자 그녀는 최전방 참호들을 방문한 장교처럼, 마치 사열하듯, 줄지어선 자동차들 앞을 민첩하게 가로질렀다.

"가족이 다 가나요?" 내가 그녀의 등에 대고 외쳤다.

"오, 아뇨." 그녀가 활짝 웃었다. 그러다 더는 웃지 않는 얼굴로 반복했다. "오, 아뇨!"

시즌 중의 파리 나이트클럽은 이제 몹시 진지한 산업이다. 웨이터들부터 부담이 보통 아니다. 알려져 있지 않은 손님이면 그의 신분에 딱 맞는 테이블을 찾느라 애를 먹고, 알려져 있는 손님이면 그의 테이블을 다른 사람에게 넘기느라 애를 먹는다. 이 중압감이 그들의 진지하고 창백한 얼굴들에 고스란히 드러난다. 고객 중에는 업장 측에서 당사자는 알지 못하게 감춰야 하는 고객이 있다. 종려나무 뒤에, 가리개 뒤에, 아니면 콜드 뷔페[4] 뒤에라도. 또한 반대로, 반드시 내보여야 하는, 그래서 십분 활용해야 하는 고객들이 있다.

4) **cold buffet**: 샐러드, 카나페, 샌드위치, 햄, 빵 등 뜨겁지 않은 음식과 음료로 이루어진 뷔페. 파티나 다과회에 많이 쓰인다.

그런 사람들은 설사 개인적으로는 접근이 어려운 구석자리를 선호한다 해도, 본의 아니게 일종의 사교계 스폰서 위치에 놓이는 것을 좋아하는 사람이 될 수밖에 없다.

다음에는 오케스트라가 중요하다. 오케스트라는 행동거지가 정중하고 유연해야 하며, 계산된 방종의 순간에도 엄숙한 에티켓을 잃지 말아야 한다. 오케스트라는 황금시간대의 혼돈을 통해 과거의 확실한 희망을 미래의 불확실한 기대로 바꿔야 한다. 사람들을 먹고 마시고 춤추고 싶게 만들어야 하고, 남들이 바라는 대로, 특히 나이트클럽 사장들이 바라는 대로 행동하게 해야 한다. 당연히 이 모든 책무는 시류를 좇는 오케스트라들을 해쓱하니 노심초사하게 하고 그들의 이마 헤어라인에 깊게 만(灣)을 만든다. 탈모를 부른다.

마지막으로, 이 장중함에 일조하는 무대 장치가 필요하다. 때로 안팎이 바뀌었나 싶을 정도로 절제된 무대. 매일 야심한 시간이면 저마다 세련된 업장에서는 강력한 백색 스포트라이트가 댄스플로어를 향해 눈부시게 쏟아진다. 몸을 옆으로 돌리고 웃지 않으려 애쓰는 시가를 든 덩치들, 공중에 매달려 길고 하얀 손으로 눈을 가리는 앙상한 여자들, 이목구비를 솜털베개처럼 잔뜩 부풀린 뚱뚱한 여자들, 동물의 눈처럼 어둠 속에서 빛을 마주 쏘아보는 잘빠진 여자들의 눈. 조명은 이들을 한껏 드러냈다가 망원경처럼 멀고 무심한 끝에서 모두를 한 덩어리로 뭉친다. 조명은 금색 의자다리들과 층층이 쌓인 연기와 여름 드레스들의 거품 같은 끝자락과 검정 브로드클로스[5]의 날선 주름 사이를 덮치듯 훑다가 결국에는 번쩍이는 플로어 위에서 요술쟁이 모자처럼 솟아오르는 투명한 기하학적 원뿔을 만든다.

레 아르카드에서 이 장치가 루에게 마술을 부렸다. 매일 자정 그녀는 유희에 빠진 성인들의 유예된 인력 속으로 곧장 들어갔다. 그녀는 "이제는 내가 노는 걸 봐요."라고 말하는 아이 같은 태도로 걸었다. 허공으로 날리는 미소도, 곁눈으로 찡긋거림도, 관중을 그녀의 비밀에 끼워주려는 어떠한 노력도 없었다. 그녀는 행복감에 사로잡혀 조명 아래서 이리저리 움직였고, 빙글빙글 돌았고, 거기서 쾌감을 느꼈다. 그리고 다시 빙글빙글 돌다가, 현란한 탭댄스 턴을 하며 플로어를 망치처럼 빠르게 두들겼다. 그녀의 얼굴에 미세하게 서린 긴장감에서 즐거운 노력이 빛났고, 그녀의 활짝 펼친 두 팔은 뭔가 부드러운 것의 부축을 받는 듯했다. 보는 사람에게 팔의 무게와 어깨의 당김까지 생생하게 전달될 정도였다.

"나는 춤추는 게 좋아요." 그녀가 이렇게 말하는 것 같았다. "이것만큼 재미난 건 세상에 없어요."

그녀가 큰 성공을 거둔 건 두말하면 잔소리였다. 사람들은 작은 망치로 테이블을 두드렸고, 그 소리에 넋을 놓은 사

5) broadcloth: 면사나 혼방사로 촘촘하게 광택 있게 짠 직물로 주로 양복이나 셔츠 천으로 쓴다.

람들은 더 요란하게 두드렸다. 루는 더 높은 출연료를 요구했고, 받아냈고, 내로라하는 디자이너들에게 뒷돈을 요구했고, 얻어냈다. 그녀는 피터팬 칼라가 달린 남색 드레스들과 카네이션 스커트의 선홍색 드레스들, 한쪽 눈을 덮으며 펄럭이는 커다란 모자들과 다른 쪽 눈을 반쯤 가리는 작은 모자들을 사들였다. 안마사를 사서 아침마다 마사지를 받았고, 점심 전부터 사이드카를 연신 불러 탔고, 주검으로 발견될 경우 입고 있을 속옷도 샀다. 그녀 측의 비용은 여기까지였다. 샴페인과 택시와 보아장(Voisin) 레스토랑의 커리 치킨과 바바니(Babani's) 상점 향수의 반은 그녀의 연인들이 값을 지불했다. 사실 그들이 그녀에게 사줄 수 있는 건 그리 많지 않았다. 워낙에 그녀가 소년 같은 매력의 작은 사람이었기 때문에. 턱 뒤에서 나풀대는 검은 머리. 그녀에겐 차라리 낚싯대나 주머니칼이 더 어울릴 정도였다. 그녀는 식사와 술과 재미를 사주는 남자들을 최고로 좋아했다.

어느 날 그녀가 파리의 납색 비에 흠뻑 젖은 모습으로 스타킹을 말리러 우리 집에 들렀다. 나는 뭐가 적당할까 생각하다가 클라레[6]에 설탕과 향신료를 넣어 데웠다. 그 몹쓸 칵테일이 식기를 기다리는 동안 나는 그녀에게 물었다. "루, 당신이 여기서 케인을 키우고 있는 거, 남편이 알아요?"

) claret: 프랑스 보르도 산 적포도주.

"케인?" 그녀가 믿어지냐는 듯이 반복했다. "말도 마요, 내가 얼마나 조신한지 수녀원장은 방귀도 못 뀐다니까요."

그녀가 잠적한 건 그때로부터 일주일 후였다.

파리 전체가 거대한 술판을 벌인 듯했던 일주일이었다. 간밤의 생존자들은 수십 개의 작은 무리들로 흩어져 매일 밤 창백한 불빛 아래에 끼리끼리 모였다. 자정과 새벽 사이 적막한 침실이 싫은 공통의 공포에 떠밀려 몽마르트르의 돌길과 뾰족한 골목에서 아침을 사냥하러 나온 사람들이었다. 루는 언제나 생존자였다. 어느 날 밤, 늦을 대로 늦은 시간에 우리 모두 한 니그로 술집의 드럼 주위에 부족 의식에 참여하는 사람들처럼 모여 앉아 있을 때였다. 좌중에 한 명이 더 끼었다.

그는 검은 머리에 키가 컸고, 레 장바사되르[7]를 둘러싼 화단처럼 말쑥했고, 니스 아르메농빌(Armenonville) 호텔의 감미로운 왈츠처럼 낭만적으로 해석된 외모의 남자였다. 그는 심지어 아침 여섯 시에도 일등급 사과처럼 빛났다. 나는 그가 완전무결한 디너 코트에서 꼬질꼬질한 플란넬 수건을 기다랗게 꺼내들고 손바닥에 침을 탁 뱉은 다음, 고양이 세수하듯 팔뚝을 머리통에 대고 빙빙 문지르다가 아까의 그

7) Les Ambassadeurs: 파리의 크리용 호텔 안에서 19세기 중반부터 영업을 시작한 레스토랑 겸 나이트클럽. 19세기에는 귀족층과 예술가들의 모임 장소로 이름 높았고, 20세기 들어서도 파리 사교계의 중심에 있었다.

수건을 이마에 대고 톱질하듯 앞뒤로 쓱싹쓱싹 광을 내기 시작한다 해도 놀라지 않을 자신이 있었다. 물론 그는 그러지 않았다. 대신 루의 옆에 앉았다. 어찌나 부드럽게 앉는지 나는 순간적으로 그가 하늘에서 와이어를 타고 내려온 착각마저 들었다. 그는 그녀에게 속삭였다. 아코디언으로 음을 짜내듯 한 마디 한 마디 몸을 무릎까지 숙여 가며 말을 밀어냈다. 그의 눈두덩과 코언저리에 고뇌와 탐문의 그림자 무리가 어렸다. 루는 그에게 말할 때 얼굴은 정면을 향한 채 눈만 그의 방향으로 움직였다. '첫눈에 반한 사랑. 의심의 여지 없이.' 나는 달관한 마음으로 생각했다.

우리 모두 종일 침대에 누워 있고도 남을 만큼의 샴페인을 마셨고, 친한 척, 솔직한 척하며 서로에게 시비를 걸기 시작했다. 그래서 누군가 이제 그만 일어서자고 했을 때 우리 모두 두말없이 그렇게 했다. 우리는 복도에 서서 파티에 내려앉았던 침울함을 털어내고 씩씩하게 작별 인사를 나눴다. 복도의 문은 노란빛을 풍기는 푸른색으로 가득한 거리, 일출의 붉은 광휘가 물 고인 배수로를 따라 흐르는 거리로 열리고 닫혔다. 우리가 부서질 듯 낡은 빨간 택시들에 나눠 타고 언덕을 내려갈 때는 어쩐지 기분 좋고 아늑한 느낌마저 들었고, 문득 졸음이 왔다.

아침은 시원하고 엷은 안개를 머금었다. 옅은 안개는 아침에 스며들지는 못했고, 다만 물 뿌린 장미에 맺힌 물방울처럼 더위의 기약만 남겼다. 7월의 해가 나무 꼭대기들을 주황빛 나는 금색으로 벗겨냈고, 빌딩들을 모사한 호리호리한 그림자들을 데워서 작게 졸였다. 동녘의 부서져 가는 붉은 덩어리 너머의 하늘은 온통 짙고 퍼런 무색이었다. 전투의 여명이 영락없이 이렇지 않을까 싶은 새벽이었다. 나는 이 모든 것들에, 그리고 라즈베리를 산더미처럼 싣고 시장으로 향하는 수레가 뿜어내는 감미로운 숲 냄새에 정신이 팔린 나머지, 그윽한 멋을 자아내던 아까의 그 남자와 루가 더는 우리와 함께 있지 않다는 것을 눈치채지 못했다.

당시 루는 나와도 친한 지인의 집에 머무르고 있었고, 지인은 신중한 사람이었다. 만약 그때 전화 연락이 뒤죽박죽 엇갈리지 않았다면 그때의 일은 아무도 모르게 넘어갔을 일이었다. 언제나 그렇듯 발단은 나이트클럽 매니저였다. 그는 루가 한 번이라도 어울린 적이 있는 사람 모두에게 전화를 걸어 그랜드 갈라 쇼를 어떻게 할지 물었다. 그 많은 비단 인형들과 작은 망치들과 풍선들. 그리고 맙소사, 샴페인! 루의 이름이 높이 내걸렸고, 루의 시폰 드레스가 그녀의 분장실 입구에서 선풍기에 달린 색종이처럼 밖으로 나부꼈다. 그리고 루는 세상에서 모습을 감췄다.

우리도 그녀를 찾지 못했다. 하기야 우리가 찾아볼 곳은 지인 아파트의 미궁 같은 복도들과, 무늬 가득한 프랑스풍 침실들과, 자꾸 갈라지는 노란색 공단의 미로와, 깊고 음산한 침대들 밖에 없었다. 거기를 아래위로 안팎으로 뒤졌지만 그녀는 없었다. 찾다가 닷새가 지나 우리가 막 경찰에 신고하려던 참이었는데, 그녀가 갑자기 거기에 다시 있었다. 그녀는 침대에 대각선으로 뻗어 있었다. 어찌나 피곤에 절은 상태였던지 잠들어 있는 그 작은 몸이 납으로 주조한 듯 천근만근 무거워 보였다. 그녀는 몇 시간이고 끝도 없이 잤고, 이후 나는 한동안 그녀를 다시 보지 못했다. 우리가 다시 만났을 때는 그녀가 이혼한 후였다.

용감한 사람들이 하는 생각을 알기는 어렵다. 용기는 육감과 비슷하다. 나는 가끔 생각한다. 그들의 판단과 결정은 이것의 명령에 따른 것이 아닐까. 루가 이혼 중이던 겨울에 나는 아직 미국에 없었다. 그러나 절망적인 방탕의 이야기들이 호화 원양여객선 의자들의 가죽 쿠션 뒤편으로 미끄러져 내려와 새로운 버전의 <천일야화>처럼 파리에 닿았다. 팥죽 한 그릇에 장자의 권리를 파는 것도 웃기지만, 생득권 때문에 팥죽[8]을 통째로 포기하기도 쉽지 않았을 거다. 나는 루가 꽤나 악몽 같은 시간들을 보냈을 걸로 믿는다. 물론 그녀는 춤으로 줄곧 승승장구하는 중이었고, 자신이 좋아하는

8) 창세기 25장 29~34절. 이삭에게 쌍둥이 아들 에서와 야곱이 있었는데, 어느 날 에서가 사냥에서 돌아올 때에 맞춰 야곱이 죽을 끓였다. 허기를 이기지 못한 에서는 야곱의 제안대로 장자의 권리를 넘기고 죽 한 그릇을 얻는다. 일시적 이익 때문에 영구적 이익을 잃는 것을 두고 '팥죽 한 그릇에 장자권을 판다'고 한다.

것들을 왜 좋아하는지에 대한 복잡하고 철학적 이유들을 끝없이 만들어낼 필요가 없었다.

프랑스로 돌아온 그녀는 말수가 적었다. 하기야 루는 언제나 그랬다. 그녀는 어떤 황홀한 소리가 자신의 그 원초적인 목을 빠져나갈지 몰라 겁내는 사람 같았다. 내 생각이지만 사람들은 실제로 겉이 달라 보이기 전까지는 변했다고 할 수 없다. 나는 그녀에게서 대단히 달라진 점을 발견하지 못했다. 그녀는 아기를 끔찍이 그리워했다. 우리는 불완전한 상태로 두고 온 것들에 늘 깊은 회한을 느낀다. 다만 그것은 우리의 결함에 대한 인간적 실망과 불가분하게 섞인 회한이라서, 과거의 것이라면 어느 것에나 쉽게 결부되는 회한이다. 어차피 전에도 그녀는 아이와 시간을 많이 보내는 부류의 엄마는 아니었다.

내가 그녀를 다시 만났을 때 그녀는 물푸개 엔진처럼 트렁크를 채우며 파리를 거쳐 가는 중이었다. 어느 날, 드레스메이커 두 명의 손에 꼼짝없이 붙들려 있는 그녀를 보았다. 그들은 입에 잔뜩 물고 있던 핀들을 그녀에게 찔러 넣고 있었고, 그녀의 발치는 하얀 불빛들과 금색 공단이 만드는 짙은 살구색 주름들로 가득했다. 그녀는 등대처럼 꼿꼿하게 서 있었고, 나는 멍하니 저렇게 멋진 근육들은 어디서 왔을까 생각했다. 그러다 문득 과거의 이야기들이 떠올랐다. 무르익은 하와이의 달 아래 기다랗게 물결 자국을 내며 흘러

가는 과거, 토끼몰이 놀이[9]처럼 자신을 접어 표식을 남기며 흐르는 어떤 과거의 이야기들. 그녀는 땡볕의 산길에서 말을 타면서, 대나무 베란다에서 놀면서, 비옥한 남부의 강들을 따라 몇 마일씩 수영하면서—모험적이고 분방한 영혼들에게 방랑을 가르치는 학교에서—자란 것이 분명했다.

"루, 아니, 브룬힐데[10], 그대의 이름이 무엇이든, 이제 무엇을 하실 건가요?"

"이제부터 내 정신이 완전히 망가질 정도로 열심히 연마해서 아주 훌륭한 댄서가 될 생각이에요." 그녀가 환영을 보는 듯한 표정을 꾸며내며 대답했다. "코트다쥐르[11]의 굉장한 카지노와 굉장한 계약을 맺었어요. 이제 거기서 굉장한 돈을 벌기 위해 떠나는 길이에요."

훌륭한 방어 계획뿐인 불완전한 작전이라는 생각만 했을 뿐, 나는 아무런 말도 하지 않았다. 시간이 흐른 뒤 누군가 내게 비판적인 말투로 루가 전례 없는 히트를 치며 엄청난 성

9) Hare and Hounds: 한 명 또는 소수의 술래(토끼)가 앞서 출발하고 술래가 남긴 흔적을 따라 다수의 사냥꾼(사냥개)이 뒤쫓는 게임. 보통 산이나 숲에서 운동처럼 한다.

10) Brünnhilde: 북유럽 신화에 나오는 인물로, 이에 기초한 중세 독일의 영웅 서사시 <니벨룽의 노래>와 바그너의 오페라 <니벨룽의 반지>의 여주인공. 신화 속 브룬힐데는 초인적 힘을 가진 여전사이며, 볼숭 족의 용사 지그프리트와 비극적인 사랑을 한다.

11) Côte d'Azur: 프랑스 툴롱에서 망통까지 이어지는 지중해 연안을 부르는 이름으로 '쪽빛 해안'이라는 뜻. 툴롱, 이에르, 생트로페, 생라파엘, 칸, 앙티브, 니스, 모나코 등 유명 휴양지가 모여 있다.

공가도를 달리던 도중 돌연 금발의 키 큰 영국 남자와 중국으로 달아났다는 소식을 전했을 때도, 나는 거기 대꾸할 적절한 말을 떠올리지 못했다. 지금쯤 그들에게 당근 수프를 숟가락으로 받아먹을 정도로 자란 아름다운 아기가 있을 것으로 생각한다.

미스 엘라[1)]

MISS ELLA

◊

쓰라린 일들은 미스 엘라의 눈 뒤에서 말라버렸다. 줄에 엮어 벽난로 앞에 걸어놓은 마늘처럼. 달콤한 추억을 사르는 매캐한 연기가 차츰 그녀의 눈가에 불그레한 테를 만들었고, 나중에는 거기서 오래 쓴 구리 냄비처럼 광이 나기까지 했다. 그렇다고 그녀가 부엌과 친한 부류는 아니었다. 그녀를 보존하는 데 딱히 유용했던 인생도 아니었다. 그녀는 우아했다. 화려한 장갑상자 뚜껑의 투톤 칼라 그림 속 귀부인이 그대로 걸어 나온 모습이었다. 일요일에 성가대 모자 밖으로 비어져 나온 붉은 머리도 그녀의 성격을 아로새긴 에칭화에 색을 더하는 효과를 냈다.

어릴 적에 나는 미스 엘라를 사랑했다. 여름에 하얀 캔버스 운동화 속으로 멋지게 곡선을 그리며 미끄러져 들어간 그녀의 높은 발등은 겨울바람이 만든 눈더미처럼 육감적이고 부드러웠다. 그녀는 레이스 양산을 들고 다녔고, 항상 새

1) 집필 당시의 제목은 <미스 베시Miss Bessie>였지만 잡지사 편집 과정에서 제목이 바뀌었다.

처럼 활기에 차 있어서 누군가와 말을 나눌 때도 두 발은 가만두지 못하고 종종거렸다. 그녀는 가끔 우리 가족과 식사했다. 저녁 식사 후 우리 집 난롯가에서 역청탄의 탁탁 튀는 푸른 불꽃들을 요리조리 피해 가며 새처럼 조잘대던 그녀가 생각난다. 그녀는 '사람'은 식후 20분간 서 있어야 건강에 좋다는 굳센 신념을 가지고 있었다.

미스 엘라에게 그녀와 혈연관계가 아닌 세상의 모든 사람은 불특정 대명사 '사람(one)'[2)]이었다. 그녀는 세상에게 몹시 엄격했다. 만약 그녀에게 우주의 지배권이 있었다면, 온 우주는 튀어나가기 직전의 달리기 선수처럼 잔뜩 긴장한 발가락을 분필 출발선에 끝없이 문대고 있었을 거다. 달리기의 실현. 또는 어떠한 달리기도 없을 거라는 깨달음. 둘 중 어느 것이 더 그녀의 평정을 어지럽혔을지, 그건 나도 모르겠다. 어쨌거나 모름지기 '사람'은 모든 문제적 상황 전개에 대비해 건강해야 한다.

심지어 그녀에게는 휴식 시간조차 고된 시간이었다. 심할 때는 그녀의 몹시 여성적인 울화의 폭발과 상당한 신경의 동요로 이어지기도 했다. 그녀는 뼛속까지 빅토리아 시대[3)] 여자였다. 한낮에 보도를 걷다 보면, 멀리 저택 옆 느릅

2) 영어에서 일반적인 사람들을 가리킬 때 부정 인칭 대명사 'one'을 쓰는 것은 대단히 격식 있게 들리는 구식 어법이다. 현대 영어에서는 같은 상황에서 주로 'you'를 쓴다.

나무 그늘 아래 해먹에 있는 미스 엘라가 보였다. 그녀가 해먹을 앞뒤로 흔들 때마다 스노볼 부시[4]의 하얀 꽃잎들이 그녀의 하얀 치마와 부대껴 눈처럼 흩어졌다. 그녀가 얼마나 불편했을지, 그녀가 해먹을 얼마나 강렬히 미워했을지는 하늘만 아는 일이었다. 해먹에 웬만큼 편하게 자리 잡고 앉으려면 항상 적어도 세 번의 시도가 필요했다. 첫 시도에는 뒤가 풍성한 하얀 치마를 고정하는 큼직한 은제 버클이 예외없이 풀어졌다. 두 번째 시도도 그녀의 연약한 다리가 망측하게 노출되는 바람에 실패로 끝나기 십상이었다. 흰색 캔버스 가닥들을 몸에 너무 칭칭 감은 탓이었다. 두 번 망하고 나면 그녀는 일단 해먹에 올라가서 그다음에 필요한 정리를 했다. 이 방법은 열차 침대칸에서 옷을 갈아입는 정도의 난이도를 요했다. 이때 해먹의 빨간색과 노란색 가장자리가 초승달 모양으로 의기양양하게 펄럭이는 것도 미스 엘라를 당황스럽게 했다. 그녀는 한 손으로 해먹 줄을 단단히 부여

3) 영국 빅토리아 여왕의 재위 기간인 1837년부터 1901년까지를 말한다. 좁게 말하면 젤다의 어머니 세대가 젊었을 때인 19세기 말 20세기 초의 깁슨 걸(Gibson Gril) 세대에 해당한다. 이 시대는 서양 열강의 제국주의가 극에 달했고, 문학은 과거의 귀족 문화와 이를 동경하는 속물 문화의 위선과 허영을 비판하는 내용이 주를 이뤘다. 사람들은 체면이라는 자기 검열을 통해 자신의 사회적 위상을 강화하는 데 열중했고, 여성의 사회적 참여는 억제됐다. 남성 중심 사회가 여성에게 일방적으로 요구하는 '덕목'이 세세하고도 강력하게 규정되었고, 거기에 맞지 않는 여자들을 분류하는 표현들이 난무했다.

4) snowball bush: 관목의 일종으로 하얀 꽃이 커다란 공 모양으로 무리지어 피는데, 한국에서는 부처님 머리와 비슷하다 해서 불두화라고 한다.

잡고, 한쪽 발로 해먹 아래 땅을 딛고 안간힘을 쓰면서 그런대로 정지 자세를 유지했다. 발이 닿는 부분은 아예 잔디가 까져서 빨건 흙이 드러나 있었다. 그녀는 남은 손으로는 편지를 열고, 책을 펴들고, 나무에서 떨어지는 것들을 털어내고, 정적이 요구될 때면 어김없이 가렵기 시작하는 곳들을 긁었다.

미스 엘라의 오후 휴식은 이런 식이었다. 그녀는 해가 서쪽으로 넘어가 저택 뒤로 숨을 때까지 꿋꿋이 휴식을 이어갔다. 그때쯤이면 마지막 해가 집 뒤창들로 들어와 각진 복도를 따라 고동치며 흘러 앞창들로 나갔고, 위층 발코니의 차가운 무쇠 트레이서리[5]와 만나 산산이 해체되어 아른아른 반짝이는 파편으로 마당의 바나나 슈럽[6] 위에 떨어졌다. 다섯 시가 되면 용단 있어 보이는 노부인이 마차를 타고 진입로로 올라왔다. 베이지색 파라솔 지붕을 높다랗게 얹고 용수철처럼 까딱이며 달리는 여리여리한 마차였다. 노부인의 머리는 눈처럼 새하얬고, 얼굴은 남북전쟁 전 시대 화장품에 덮여 흰색과 분홍색이었다. 화장품에서 풍기는 기분 좋은 붓꽃 냄새가 멀리까지 날아왔다. 노부인은 말고삐를 한손에 건성으로 잡았다. 베이지색 비단 장갑 아래로 구

5) tracery: 난간이나 창문에 적용하는 장식적 골조.
6) banana shrub: 목련과의 관목으로 초령목이라고 한다. 연노랑 색의 꽃에서 강한 바나나 향이 난다.

식으로 세팅한 커다란 다이아몬드 반지가 불뚝 도드라졌다. 노부인의 다른 팔이 만드는 형식적이고 무심한 품에는 분을 뿌린 스피츠가 안겨 있었다. 노부인이 미스 엘라를 부를 때, 단어들이 햇살을 타고 미끄러지며 놋쇠 고리에 달린 커튼이 부드럽게 움직이는 소리를 냈다. "엘라, 애야! 더위를 식힐 시간이다. 먼지도 지금쯤 가라앉았어. 아참, 엘라, 부탁인데 고모 부채 좀 가져다주련?"

그렇게 미스 엘리와 엘라 고모는 하얀 강아지와 함께 오후 드라이브에 나섰다. 그들이 비운 오래된 정원의 감미로운 서늘함은 향기로운 관목들과 반딧불과 회양목에 거미줄을 친 거미들과 밤의 진동을 위해 공기를 조율하는 메뚜기의 차지가 되었다. 그리고 매일 마차가 시야에서 굴러나가기만을 기다리는 낭만적인 세 꼬마들의 차지가 되었다. 마차가 사라지면 우리는 저택 부지를 둘러싼 높은 담을 기어올랐다.

우리는 그 집 정원을 사랑했다. 두 그루의 뽕나무 아래에, 우리의 맨발이 진흙에 자꾸 미끄러지는 그곳에 나무로 지은 놀이집이 있었다. 미스 엘라가 어려서 놀던 곳이었다. 그러나 내게는 놀이집 이상의 것이었다. 훈훈한 어린 시절 이야기와 결부된 모든 집들을 대표하는 존재였다. 내 상상 속에서 그 놀이집은 리틀 레드 스쿨하우스[7)]였고, 농장주의 저택이었고, 친절한 고아원이었고, 내 삶에서는 한번도 실현된

적 없는 문학의 무대들이었다. 놀이집 안에 들어가 본 적은 없었다. 딱 한 번만 빼고. 뽕나무에서 툭툭 떨어져 으깨지는 두툼한 여름 벌레들에 기겁해서 뛰어 들어갔을 때. 내부는 메마르고 먼지투성이였고, 미스 엘라가 오래전에 붙인 사과꽃 무늬 프리즈가 흔적이 되어 벽에 드문드문 남아 있었다.

우리 말고는 아무도 놀이집 근처에 가지 않았다. 심지어 가끔씩 방문하는 엘라 고모의 종손녀들조차 거기에 얼씬대지 않았다. 놀이집 지붕은 여름 더위에 갈색으로 말라 비틀어져 얽히고설킨 노랑수선화와 히아신스로 묻혀 있다시피 했다. 멍든 보라색 히비스커스 꽃들이 지붕을 뒤덮다 못해 작은 박공들 위로 종처럼 주렁주렁 늘어졌다. 놀이집은 흡사 망각 속의 석관 같았다. 버려진 것들에 으레 따르는 과묵한 위엄을 자아내며 이 석관이 지키고 있는 것은—엽총이었다. 칠이 다 벗겨진 한 자루의 녹슨 엽총. 정원의 여리고 간명한 모습과 어울리지 않는 것이 놀이집 말고 또 있었다. 야생의 오아시스였다. 샘 안에서 솜털 같은 조가비색 덤불들이 딸기 소다 거품처럼 부글부글 끓었고 연기처럼 뭉게뭉게 피어올랐다. 둥글게 모여 자라는 코끼리 귀를 닮은 토란 잎사귀는 빗물을 잡아두었다가 은색 구슬로 빚어서 널따란 잎

7) little red schoolhouse: 18세기부터 20세기까지 미국 시골에 있었던 집 모양의 작은 학교. 주로 마을 공터에 세워진 붉은색 건물이었다. 시골 아이들에게 기초교육을 실시했다.

사귀 위로 도르르 굴렸다. 고무처럼 낭창낭창한 줄기 끝에 올라앉은 분홍별꽃나리, 스노드롭, 뜯으면 바늘땀처럼 뜯어지는 암녹색 잎이 무성한 관목도 있었다. 비파나무는 각지고 칙칙한 놀이집의 계단 주변 축축한 땅에 갈색 꽃들을 흩어 놓았고, 등나무 덩굴은 각진 기둥들을 무겁게 칭칭 동였다. 매일 아침 일찍 미스 엘라는 납작한 멕시칸 바구니를 들고 정원에 나와 교회에 가져갈 싱싱한 꽃들을 땄다. 그녀 말로는 본인이 정원을 돌본다지만, 실제로 그 일을 하는 건 세월, 그리고 세월과 동격인 흑인 하인이었다. 그 흑인 늙은이는 부엌문 앞에다 갈색 점박이 노랑 칸나로 별 모양 화단을 만들었고, 보라색 팬지를 초승달 모양으로 심었다. 그는 정원 안에서 우리를 발견하면 서릿발 같이 호통쳤다. 그는 자기가 그곳 주인인 양 굴었고, 놀이집을 신성한 사당처럼 지켰다.

미스 엘라의 삶을 둘러싼 분위기는 이러했다. 그녀가 어째서 그거면 충분하다고 여기는지, 어째서 그녀의 그늘진 잔디밭 앞 갓돌과 다운타운 클럽 사이의 세월을 가르며 달리는 닥터스 쿠페[8)]처럼 살지 않는지, 그 이유를 아는 사람은 아무도 없었다. 이유가 있다면 그건, 미스 엘라의 이야기도

8) **doctor's coupé**: 1920년대 마차가 자동차로 바뀌던 시대를 대표하는 초창기 자동차. 문 두 개짜리 유개 마차와 비슷한 모양에다 시골 의사들에게 특히 인기가 많아서 이런 명칭이 생겼다.

여자들의 이야기가 다 그렇듯 러브스토리였고, 러브스토리가 대개 그렇듯 과거의 일이었기 때문이다. 사람들 대부분에게 사랑은 <이상한 나라의 앨리스>에 나오는 잼처럼 손에 잡히지 않는 무엇이다. 어제의 잼, 내일의 잼. 하지만 오늘의 잼은 없다. 여하튼 미스 엘라의 삶이란 그런 것이었다. 그녀는 '과거 언젠가'의 잼 위에서 그저 명목적으로 살았다. 날개로 허공에 눈부신 물보라를 뿌리며 물 위를 나는 새처럼 인생의 희로애락을 그저 스쳐 지나면서.

젊었을 때 미스 엘라는 불어서 빚은 유리 화병처럼 날씬하고 호리호리했다. 치렁치렁한 오건디 드레스 자락들만 왈츠 마디마디를 다고 허공에 들뜰 뿐 정작 아담한 그녀는 약혼자의 각지고 초연한 팔 안에 꼿꼿이 서 있었다.

그는 그녀를 피라미드처럼 굽어보았다. 눈가의 깊은 주름 두 개, 말로 하지 못한 많은 것들에 대해 꾹 다문 입, 날렵한 콧날이 만드는 깊은 삼각형. 가을이면 그는 강가의 기름 뜬 역류에 몇 시간씩 무릎까지 담그고 서서, 늪지대를 떠나 넓게 대열지어 남쪽으로 날아가는 야생 오리들을 향해 기다란 총신을 하늘로 겨눴다. 그는 사냥한 것을 다발로 묶어 미스 엘라의 집으로 가져왔고, 그녀는 그것들을 화이트파인[9] 부엌에서 포트와인과 비터맥주에 담그고 오렌지 껍질을 넣

9) white pine: 스트로브 잣나무라고도 하며, 가구나 내장 인테리어 자재로 많이 쓴다.

어 요리하게 했다. 갈색의 구수한 냄새에 온 집안이 훈훈해졌고, 두 사람은 거대한 식탁에 함께 앉아 어둑하고 둥그런 불빛 속에서 수줍게 먹었다. 불빛이 은식기에 후두두 떨어졌고, 떨어진 불빛은 벽에 도열한 어두운 정물화들의 육중한 액자들로 살금살금 기어올랐다. 그들은 공식적으로 사랑하는 사이였다. 두 사람 사이를 흐르는 기류에는 여름철 일요일 아침처럼 대기를 진정시키는 수동적 기품이 서려 있었다. 그의 병풍 같은 배려와 그녀의 빛나는 연약함, 둘은 한 쌍의 선남선녀였다.

당시에는 타운이 작았다. 미스 엘라가 연인과 함께 그의 마차를 타고 지나갈 때 우아한 숙녀들이 회양목 정원 뒤편에서 즐거이 흔들의자를 흔들었다. 그리고 햇살이, 물방아를 반짝이며 돌리는 냇물처럼, 광낸 마차 바퀴살을 타고 쏟아져 내렸다.

그는 그녀를 '그대'라고 불렀지만 그녀는 그에게 '헨드릭스 씨' 외에 다른 호칭은 쓰지 않았다. 어느 날 늦은 파티 후에, 오래된 복도가 만드는 부드러운 틈새에서 그는 그녀의 두 손을 경건하게 잡았다. 댄스카드[10]와 나비 핀과 깃털 인형과 자잘한 무도회 장신구들로 가득한 손. 그녀의 머릿속을 맴도는 감미로운 리듬의 기념품들. 조용한 행복감의 온

10) dance card: 무도회에서 춤 파트너들의 이름을 차례로 적은 카드.

기에 물결치는 물결무늬 비단 드레스의 파동. 두 사람은 그들의 인생 계획들을 울창한 나무 그림자가 만드는 거푸집에 부었다가, 나뭇잎 투사 무늬가 아롱대는 한밤의 공기 중에 꺼내놓았다. 사랑하는 두 사람의 소박하고 아늑한 포부들이었다. 그는 그녀에게 앞으로의 일들을 말했고, 그녀는 그가 하자는 대로 들었다. 통풍 없는 방의 연기처럼 공중에 차곡하게 쌓이는 그의 나직한 목소리에 그녀의 마음이 설렜다.

두 사람 모두 상류사회의 차분한 신앙생활을 했다. 그런데 교회가 발단이었다. 교회가 앤디 브런슨이 엮인 운명의 줄을 당겨 올리는 역할을 했다. 그는 그 줄들을 타고와 그들을 보았고, 그들과 얽혔다. 급기야 끊어진 끝들은 위로 뒤틀리고 너덜너덜 망가진 채, 악기의 꼬인 현처럼 공명하는 비극 속에 덜렁 남겨졌다. 미스 엘라와 헨드릭스 씨는 봄이 오면 사각형의 하얀 교회에서 결혼식을 올리기로 했다. 무쇠 난간이 발코니로 이어지는 교회 뒤편으로 입장해서 엄숙하게 걸어 내려와, 자욱한 화장분과 백합의 푸른 향기와 신성한 촛대 사이를 지나, 제단 앞에서 신과 거래하기로 했다. 노고와 화목의 대가로 감정적 신성함을. 그는 앞으로 영원히 아름다움과 평화가 있을 거라고 말했고, 그녀는 "그래요." 라고 답했다.

세탁한 리넨을 벽장에 넣을 때처럼, 두 사람은 나란히 서서 그들의 꿈들을 무심히 정리하며 그렇게 미래를 꿈꿨다.

이때가 크리스마스 때였다. 교회는 축제가 한창이었다. 주일학교에는 에그노그[11]와 레모네이드와 프루트케이크 조각이 가득한 은제 바구니들과 견과와 사탕을 담은 봉보니에르[12]로 가득했다. 교회는 후끈했고, 젊은 남자들이 끊임없이 드나들며 외투 냄새와 추운 데서 피운 담배 냄새와 버번위스키의 독기를 실어 날랐다. 이 여성적인 분잡함으로 자욱한 곳에 앤디 브런슨이 있었다. 크리스마스의 흥분이 그의 광대뼈 둘레에 밝은 화환처럼 걸렸고, 거기에는 불순한 동기들을 선포하는 불가사의하고 조용한 확신이 있었다.

미스 엘라는 현실 너머 뭔가 정지한 세상에서 그를 인식했다. 사바나와 뉴욕을 왕복하는 신혼여행 배의 뒤로 물결처럼 이어질 미래의 날들에 대해 들뜬 목소리로 말하고 있을 때조차도, 그는 그녀의 의식에서 떠나지 않았다. 이렇게 가뜩이나 떨리는 이중성에 잡혀 있던 그녀는 거대한 폭죽이 탕 터졌을 때 정신이 혼미해졌다. 발코니로 이어지는 계단 아래서 앤디가 터뜨린 폭죽에 일대 혼란이 일었다. 불꽃이 그녀의 얇은 돌리 바든[13]에 튀었고, 엘라의 드레스에서 순식간에 불길이 올랐다. 아직 영문을 모르고 삼삼오오 느리게 갈라져 웃고, 못마땅해하고, 설명하는 사람들 사이로 앤디

11) eggnog: 우유·달걀에 브랜디·럼주를 섞은 칵테일 음료.
12) bonbonnière: 사기, 유리 등으로 만든 사탕·과자 그릇.
13) Dolly Varden: 19세기 여성들이 입었던 꽃무늬 드레스.

가 가장 먼저 그녀의 불붙은 치마에 도달했다. 그는 불길을 두 손바닥 사이에 가두고 탁탁 쳤다. 새까맣게 탄 가장자리만 남을 때까지.

크리스마스 다음날, 자책감에 젖은 꽃잎들이 붉다 못해 곤충의 자색 날개처럼 빛나는 장미를 담은 거대한 상자가 도착했다. 그는 거기에 페르시아 산 비단을 바리바리 보냈다. 다음에는 상아 구슬 목걸이를, 자개 부챗살 사이마다 드레스덴 귀부인이 춤추는 부채를, 파이베타카파[14] 회원 배지를, 자신을 그린 정교한 세밀화(얼굴이 눈보다 작았다)를, 보물들을 보냈다. 그리고 급기야는 그녀에게 스타사파이어를 바쳤다. (그녀는 헨드릭스 씨가 알지 못하게 그것을 샤무아 가죽 주머니에 담아 목에 걸었다.) 그녀는 앤디를 향한 사랑을 필사적으로 억눌렀다. 하지만 어느 날 밤, 그는 그녀의 귀 뒤 깊숙이 발그레한 그곳에 키스했고, 그녀는 그의 품안에서 미풍도 없는 날 깃대에 감긴 깃발처럼 자신을 포갰다.

그녀가 몇 주간 헨드릭스 씨에게 말하지 못하고 애태우는 사이, 그녀가 두려워하는 그 장면은 극적으로 완벽해져 갔다. 마침내 그녀가 털어놓았을 때, 그의 눈이 머릿속에서 시계추처럼 뒤로 크게 흔들렸다. 아득히 멀리를 응시하는 선장의 눈처럼. 그는 검을 넘겨주는 장수의 한없는 슬픔에

14) Phi Beta Kappa: 미국 대학 우등생들로 구성된 친목단체. 18세기 후반에 시작되어 미국에서 가장 오래된 엘리트 클럽이다.

잠겨 그녀의 작은 머리통 너머 먼 지평선들을 더듬었지만, 그녀가 기대하는 비애감을 채울 어떤 말도 어떤 생각도 찾지 못했다. 그는 몸을 돌렸고, 초봄의 유약한 공기를 그의 앞에 천천히 굴리며 자갈길을 내려가 도로로 나갔다. 이후 그는 어느 일요일에 다시 방문해서 쿠션이 봉긋하게 솟은 마호가니 의자에 뻣뻣하게 앉아 민트 줄렙[15)]만 벌컥벌컥 들이켰다. 그를 둘러싼 침울함이 허공 여기저기에 구멍을 만들었다. 그가 떠나자 미스 엘라는 다시 맘껏 웃을 수 있게 돼 살 것 같았다.

남부의 봄이 지나가고 있었다. 제비꽃과 백색과 황색의 배나무와 노랑수선화와 치자나무가 귀여움을 내주고 이른 5월의 짙은 녹색 자장가에 잠겨들었다. 이날 오후 엘라의 집에서 그녀와 앤디의 결혼식이 열릴 예정이었다. 식장은 먼 과거에 살았던 인생들의 향기가 밴 벨벳 휘장들과 엠파이어 거울들을 액자처럼 두른 기다란 거실이었다. 이 날을 위해 저택은 청소와 광내기를 거쳤고, 그림자들과 추억들도 각자 제자리를 찾아들어갔다. 다이닝룸에는 웨딩케이크가 청미래 덩굴 위에 고이 둥지를 틀었고, 포트와인을 따라놓은 디캔터들은 기다란 사이드보드 거울을 석류석처럼 장식했다. 응접실과 다이닝룸 사이에 흰색 튈을 감은 덩굴시렁을 놓았

15) mint julep: 버번위스키에 박하 잎, 부순 얼음, 설탕을 넣어 만든 칵테일. 가장 오래된 칵테일 중 하나로, 미국 남부에서 유래했다.

다. 칼라백합과 안개꽃이 시렁을 타고 올라가 임시 제단 양편의 꽃 장식으로 이어졌다.

위층에서 미스 엘라는 새 트렁크가 뿜는 삼나무와 라벤더 향에 깊이 잠겨 있었다. 세사(細絲) 리넨 잠옷과 드론워크[16]속옷이 트렁크 구석자리에 애지중지 놓였고, 향낭이 자근자근 뱉어내는 비단 숨결이 새로움 위로 조심조심 내려앉았다. 이 날의 분잡함에 홀린 흑인 하녀 한 명이 창가에 서서 물방울무늬 스위스 커튼 너머로 어수선한 광경을 넋 놓고 바라보았다. 그녀는 이리저리 두리번대며 흥분에 겨운 커다란 검은 눈망울로 나무들을 휘저었고, 반대로 정원에서 평온함을 훔쳐 방으로 가져왔다.

그러다 미스 엘라는 커튼이 찢어지는 소리를 들었다. 하녀의 억센 손이 연약한 봉에서 커튼을 찢어 내렸다. "오 주여—오 주여—오 주여." 하녀 본인도 겁에 질려 와르르 쓰러졌다. 엘라가 엎어진 여자에게 갔을 때 여자는 그저 창밖을 가리키고는 얼굴을 감싸 쥘 뿐이었다. 엘라는 공포에 질려 부리나케 창으로 갔다.

관목들이 따뜻한 공기 속에 부드럽게 휘휘 움직였다. 왼편에는 아무것도 특별할 것이 없었다. 저 아래 도로를 굴러가는 마차 한 대와 이제 꽃도 졌으니 조용히 성장하는 식물

16) drawnwork: 천의 씨실과 날실을 빼서 얽어 무늬를 만드는 서양 자수.

들만 있었다. 다가오는 여름이 주는 확신이 그녀의 방망이질하던 심장을 다시 제자리로 눌러 넣었다. 엘라는 진입로 너머를 건너다보았다. 거기, 놀이집 계단에, 헨드릭스 씨가 쓰러져 있었다. 그의 뇌가 흩어진 땅바닥은 온통 피범벅이었다. 그의 두 손은 그가 애용하던 엽총을 틀어잡고 있었다. 그는 이미 이 세상 사람이 아니었다.

세월이 흘렀지만 미스 엘라는 더 이상 사랑에 대한 희망이 없었다. 그녀는 전보다 머리를 느슨하게 올렸고, 하얀 스커트와 잘록한 허리에 매년 점점 더 뻣뻣하게 풀을 먹였다. 그녀는 엘라 고모와 매일 오후 드라이브를 나갔고, 작은 마을 교회에 마음을 썼다. 그러는 내내 그녀의 눈언저리는 점점 더 붉어졌다. 뜨거운 불 위에 몸을 수그리고 일하는 사람처럼. 그녀는 부엌과 친한 부류가 아닌데도.

미친 그들
A COUPLE OF NUTS

◊

I

1924년의 여름, 샹젤리제의 가로수들이 희푸른 연기처럼 메말라가다 급기야 눈앞에서 금방이라도 휘발유 매연 속에 쓰러질 듯 흔들렸다. 7월이 가기도 전에 마른 잎들이 모닥불에서 날리는 종이재처럼 생쉴피스[1] 광장 위를 떠돌았다. 해거름에는 더운 어둠이 보도에서 기진맥진 올라왔고, 수플레가 식어서 그릇 속으로 꺼지듯 잠 못 이루는 밤이 온 도시에 내려앉았다. 잠을 자는 건 불가능했다. 나는 많은 시간을 몽마르트르에서 보냈다. 불로뉴 숲(Bois de Boulogne)의 잔디도 더위에 바싹 구워진 모양새가 유리 종 속 압화(押花)보다 나을 게 없었다. 결국은 침대가 유일한 피난처였다. 그래서 나는 밤마다 *나이트클럽(boîte de nuit)*에서 졸도 직전까지 놀았다. 그런 다음에야 내 아파트가 견딜 만하게 느껴졌다. 나는 그렇게 래리와 롤라를 알게 됐다.

1) Saint Sulpice: 파리의 3대 성당 중 하나로 꼽히며, 피츠제럴드 부부가 1929년 파리에 있을 때 이 근처의 아파트를 빌려 살았다.

두 사람은 이미 일정 고객층을 확보하고 있었다. 그건, 특별히 그들의 연주를 듣겠다고 그들이 일하는 '클럽'에 찾아들고, 그들에게 술을 사고, 그들에게 신청곡을 들이미는 패거리들이 있었다는 뜻이다. 그들은 의기소침한 상태였다. 꺼져가는 봄철 호황의 끝을 부여잡고, 그걸 남쪽으로 끌고 가려는 미국인 방랑객들과 이미 패색이 짙은 줄다리기를 하는 중이었다. 둘은 새파랗게 어렸다. 막 어른이 된 아이들이었다. 롤라는 도발적인 아일랜드계 미녀였다. 포식자처럼 육감적이었다. 까만 머리가 고깔 같은 눈썹에 맵시를 더했고, 사냥꾼의 눈은 입에 덫을 놓았다. 그녀는 자기 발가락을 처음 발견한 아기처럼 느릿한 감탄에 차서 몸을 어른어른 움직였다. 의도적으로. 체스를 두는 사람처럼. 그래서 그녀의 움직임은 움직이는 인상을 주지 않았다. 대신 끝없는 정열과 재정열의 인상만을 허락했다. 그녀는 숨 쉬는 것조차 피아노 의자 위에서 배웠을 것 같았다.

두 사람은 내게 지나간 전쟁 시절의 노래들을 들려주었고, 나는 내 청춘을 무릎 위에 올리고 그것을 무형의 추억이 아니라 튼실한 손자처럼 둥개둥개 얼렀다. 우리는 감상적인 친구들이 되었다. 때로, 매우 늦은 시간에, 클럽이 텅 비고 셔츠 앞판들이 안개 속 경주용 요트처럼 자욱한 담배연기 속을 떠다니는 밤에, 그들은 내게 사랑과 성공과 아름다움의 정의를 내려달라고 했다. 그럴 때면 래리는 은근슬쩍 말했다. "뭐야, 롤라, 아름다움 자체가 앞에 계시잖아." 그러면 롤라는 몸을 있는 대로 세우며 우리를 관대하게 묵살했다. "물론 우리는 인생에 대해 잘 몰라요. 우리에게 있는 건 언제나 서로뿐이죠." 마치 그걸로 운명을 매수할 수 있다는 듯이!

그때는 산산이 해체되고 전면적으로 붕괴하는 시대였다. 이럴 때 이 둘의 연대를 보는 건 즐거움이었다. 그들의 친구들은 두 진영으로 갈렸다. 땅따먹기 놀이에 여념 없는 대서양 건너편 이 미친 세상[2]에서 그들의 연명과 평정 유지에 상대적으로 도움이 되는 쪽이 어느 쪽인지가 관건이었다. 둘이 부부가 아니라고 생각하는 사람들도 꽤 있었다. 그들은 너무나 젊었고 장식적이었다. 그들은 신혼여행으로 파나마를 걸어서 건넜다. 둘은 일종의 현실적 상상을 공유했다. 그것이 그들을 모험에 끌어들이기도 했고 거기서 거의 벗어나게도 했다. 변덕이 죽 끓는 상류사회 당좌예금 계좌들도 헤치고, 재미 추구에 죽고 사는 부자들이 길에 사탕 껍데기 흘리듯 저질러 놓는 치졸한 뒤끝들도 헤쳐 가면서. 이를테면, 그녀가 예전에 롱아일랜드의 어느 파티에서 연주한 기념으로 차고 다니는 루비 팔찌를 입수한 경위를 발설했다면 유명한 백만장자 하나가 롱아일랜드 해협에 얼굴을 묻고도 남

2) 1차 세계대전 종전 후 일련의 조약들에 따라 패전국(독일, 오스트리아-헝가리, 오스만 터키, 불가리아)을 해체하거나 그들의 영토를 빼앗아 재분할, 재편성하는 과정에서 유럽의 지도에 전면적인 변화가 일어났다.

았을 거다. 내가 우연히 들은 바로는, 그의 일사병으로 곤욕을 치른 건 어느 공작부인이었다. 그러나 당시 그들은 천진한 어린애들이었고, 목줄을 공유한 두 마리 귀족적 보르조이 개처럼 서로에게 충실했다. 래리는 출중하게 잘생겼다. 그는 공을 모는 축구선수처럼 어깨를 수그리고 밴조를 뜯었다. 노래할 때 그는 입을 옆으로 벌리며 높이 흐느꼈고, 음들을 딱딱 끊었다가, 톱니바퀴의 이가 착착 맞아 들어가듯 쉽고 정확하게 음들을 다시 한데 맞추는 동시에, 간질간질한 것에서 손가락을 떼듯 톤들을 공기 중에 흔들어 풀었다. 그는 20년 전에 태어났다면, 또는 시골 타운에서 태어났다면, 금발 퐁파두르 가발을 쓰고 마을 잡화점 직원으로 일했을 사람이었다. 그는 우리 세대 지식인층의 지적 갈망을 공유했고, 그래서인지 자신의 직업을 살짝 낯뜨거워했다. "오!—오—오," 그는 노래로 숙녀들의 대담성을 꾀어냈고, "툼—두들—음—둠," 그들이 무아지경에 이를 때까지 몰아갔다. 그는 밴조 연주자였고, 그들은 달과 함께 일어나 그의 영혼을 범주 없는 낭패감으로 채우는 사람들이었다. 그의 눈 밑으로 넓고 다정한 구릿빛 초원처럼 만개하는 얼굴은 단연 최고였다. 그가 미소 지으면 비에 젖은 보도에 닿을까 봐 치켜든 공단 치마처럼 한쪽 귀 뒤의 피부가 접혀 올라갔다.

여하튼 두 사람은 어떤 일이든 하나로 뭉쳤다. 악보 값조차 없을 때도 있었고, 공복이 심해 남들이 권하는 샴페인을 사양해야 할 때도 있었다. 나중에 불행이 그들의 웃음 속 미개척 지역까지 고갈시키고 그들의 몸짓마저 식상한 모습으로 굳어지게 했을 때 그들은 사람들에게 초창기 고생담을 늘어놓는 것을 낙으로 삼았다. 단돈 5달러도 빌릴 데가 없었던 시절의 기억을 더듬는 것이 당장은 둘의 결속을 도왔을 테니까.

폭염이 제대로 시작되던 무렵 그들은 신인 발굴을 자랑으로 삼는 너절한 곳에서 연주하고 있었다. 훗날 거기 단골들은 우리 현대 소설 중 반의 남녀 주인공들로 드러났고, 파리에는 명사라면 껌뻑 죽는 사람들이 많아서 그들의 끝없는 욕망을 타고 두 사람의 운발도 피어났다. 유흥을 살 수 있는 돈이 있는 한, 가진 돈을 잊기 위한 필요도 있는 법이다. 롤라와 래리가 점점 그들의 '권리'에 집착하게 되지만 않았어도 어쩌면 그들은 아직까지도 피갈[3] 거리를 쾅쾅 울려대며 호시절을 누리고 있을지 모른다.

두 사람이 끝없이 사소한 언쟁을 벌이게 된 것도 그 때문이었다. 그들의 해고를 바라는 드러머, 그들 뒤에서 비열한 조롱을 일삼는 것으로 의심되는 바텐더, 또는 상종하기 어려운 매니저가 문제였다. 남들에게 가정사가 있다면 롤라의 인생에서는 이런 한심한 입씨름들이 그걸 대신했다. 한

3) Pigalle: 파리 9구와 18구 사이에 위치한 지역으로, 예전에는 클럽과 카바레가 밀집해 있었다.

편 래리에게는 이 상습적 언쟁이 그의 상황 장악 본능—우리 대부분에게는 공과금을 매주 딱딱 납부하면서 충족되는 것—을 어느 정도 채워주지 않았나 싶다. 둘은 재즈 가수가 이 세상에서 궁극적으로 얼마나 부수적인 존재인지를 망각한 듯했다. 어느 날 밤 그들은 해고됐다. 술 문제였다. 내가 도착했을 때 롤라의 두 빰이 두 개의 붉은 구름처럼 방을 떠다녔고, 그녀의 두 눈이 인도인 검술사의 단도들처럼 매니저의 가장자리를 찍어대며 황량한 공간에서 그의 육중한 몸뚱이를 뜯어내고 있었다. 클럽은 북새통에 안팎이 뒤집히고, 무대배경의 뒷면처럼 닥치는 대로 보강한 인상을 풍겼다. 모든 것에서, 심지어 사람들에서도, 연결 부위들이 훤히 드러나 보였다. 래리는 일단 달래고 보자는 태도였다. 그는 두 손을 주머니에 찔러 넣었다. 마치 본인의 말을 한 움큼씩 도로 거두어들여서 갈 때 가지고 가겠다는 듯이. 그가 롤라에게 하는 말이 들렸다. "아무 소리 하지 마. 저런 유대인 놈과 무슨 말을 섞겠어. 그냥 코트나 입어." 나는 파리의 밤이 떨구는 그림자들을 비처럼 맞으며 그들과 함께 걸었다. 가로등 아래서는 연보랏빛 장밋빛 석영처럼 또각또각, 노란 카페들 앞에서는 타박타박 달각달각. 우리는 웅얼대고 탄식하고 밤공기를 흡입하며 어두운 골목길을 올라갔다. 그리고 그들의 우중충한 하숙집 앞에서 헤어질 때 나는 하숙비 내라고 20달러를 빌려주었다.

"망할 인간," 롤라가 폭발했다. "그 놈은 그저 우리를 없애고 싶었던 거예요. 우리가 여러분들과 앉아서 빈둥거리기 바빠서 자기가 인정하는 음악은 등한시했다나. 노래를 너무 많이 해서 아침이면 목에서 죄수들이 바위 깨는 소리가 날 지경이었는데 결국은 이렇게 쫓겨나고 말 것을." 그녀는 식탁에서 유리컵을 엎지른 얌전한 아이처럼 래리에게로 얼굴을 돌렸다. "아이, 이제 우리 어떡해? 이제 래리와 롤라는 어떡해?"

제프 도허티가 그 질문의 답으로 등장했다. 물방울무늬 넥타이만도 수백 개를 헤아리고, 자신의 존재를 엔터테인먼트의 첨단에서 발견한 것들로 설명한다는 바로 그 인심 좋은 국외거주자. 우리 중에 누구라도 5프랑 지폐를 내고 거스름돈 사기를 당했거나, 점심시간에 수표를 현금으로 바꾸려다 실패했거나, 또는 프랑스 우체국을 한 번이라도 상대해 본 사람들은 모두 그때의 억하심정을 제프에게 토로했다. 제프라면 우리의 향수 어린 울분을 달랠 미국적 홍취를 어디서 찾을지 알려줄 걸로 믿었다. 래리와 롤라는 단박에 그의 마음을 사로잡았다.

두 사람이 만찬에서 연주하는 대가로 제프에게 제시할 액수를 의논하는 소리를 들었다면, 아마 모르는 사람은 그들을 증권거래소 예비 회원쯤으로 생각했을 거다. 그러다 그들은 엉뚱하게도 25달러로 결정을 보았다. 제프가 대학 시절 이후 그런 소액 청구서를 제시받은 건 그때가 처음이었다. 이것이 그의 후원자 심리에 발동을 걸었다. "내가 리비에라[4]에 아담한 집이 하나 있는데, 일주일 후에는 거기 있을 예정이오." 그는 자신의 명함을 꺼내 거기에 두 사람의 미래를 죽 그었다. "내려와서 거기서도 나를 위해 연주해 줘요." 제프는 자신의 전화번호 둘레에 마법의 동그라미를 쳤다. "이게 내 개인금고 비밀번호죠." 그가 말했다. 나중에 두 사람에게 듣기를, 그날 밤 둘은 집까지 내내 뛰어갔으며, 그때 둘의 발은 파리를 벗어날 가능성이 주는 행복의 끈에 매달린 꼭두각시 인형의 발처럼 보도를 그저 간질이기만 했다.

나는 여름 늦게야 칸으로 갔다. 시끌벅적하고 호사스러운 사람들은 이미 모두 알코올의 독기에 실려 비아리츠와 스위스, 비시[5]와 엑스레뱅[6]으로 떠난 뒤였다. 김 내고 땀 빼러. 무엇보다 지중해의 증기 속에 시들어버린 도박장을 떠나 배부른 도덕주의를 장착하고 다른 도박판들을 기웃거리러. 내가 호텔에 여장을 푼 지 얼마 안 됐을 때 제프에게서 저녁 초대 전화가 왔다. 그와 친한 사이는 아니었지만, 워낙 시즌 끝물이라 이제는 서로 작당해서 자기들 신변잡일을 두고 다툼질이나 일삼는 패거리들만 있었기에 나는 어디라도

4) French Riviera: 휴양지가 모여 있는 프랑스 남동부 지중해 연안을 부르는 이름. 코트다쥐르라고도 한다.
5) Vichy: 프랑스 중부의 작은 휴양 도시.
6) Aix-les-Bains: 프랑스 남동부의 온천 도시.

낄 데가 생겨서 반가웠다. "어린 양을 두 마리 구했어요." 그가 말했다. "제대로 도살에 나설 건데, 피비린내 입맛이 동하면 잠깐 들러요." 나는 오래전부터 제프의 친구들을 모두 야생동물들과 별반 다르지 않다고 여겼던 터라 자세히 물을 생각은 하지도 않았다. 하루를 바싹 마른 해변에서 보낸 여파로 벌겋게 부어오른 등짝에 야회복이 닿을 때마다 몸이 알아서 꿈틀댔다. 어깨는 뭉친 근육이 활어 보따리처럼 펄떡이고, 팔은 진동하는 고무처럼 절로 오르내렸다. 나는 동물에 환장하는 망명자 제프를 저주했다. 그는 삶으로부터의 탈출을 벼르는 우리에게 전혀 이롭지 않았다. 내가 도착했을 때는 이미 피아노를 에워싼 무리가 비행기의 추락방지용 자이로스코프 장치처럼 파티를 휘어잡고 분위기를 띄우고 있었다. 파티를 띄우는 목소리에는 뭔가 울창한 견고함이 있었다. 인간적 호소와는 전혀 다른, 왕자 또는 공주 분위기의 자애로우면서도 무심한 목소리. 과즙이 터질 듯 익은 과일처럼 공중에 매달려 환심을 구하는 목소리들은 으레 이제 함께할 거란 약속을 담고 있다. 하지만 이 목소리는 그렇지 않았다. 그것은 상대가 결코 공유할 수 없는 비밀이었다. 듣는 사람만큼이나 목소리 주인에게서도 초연한 비밀. 나는 그것이 롤라라는 것을 알았다. 그녀 외에 그렇게 노래할 수 있는 사람은 없었다. 제프가 음유시인들에 제대로 재미 들렸다! 자신만만한 음들이 여름밤을 채찍질해서

니그로이드[7] 광란으로 몰고 갔고, 그녀는 "널 사랑해—너를—너를"하고 노래했다. 그녀는 나를 보자 보란 듯이 반가운 척했고, 하숙집 안주인을 속여서 내가 빌려준 20달러를 가로채 그 돈으로 칸에 불쑥 나타나게 됐다는 너스레로 좌중을 왁자하게 웃겼다. 내가 보기에 그녀는 과하게 흥이 올라 있었고, 얼마 후에는 두 사람 모두 남사스러울 정도는 아니지만 누가 봐도 거나하게 취했다. 제프가 술을 마실 때는 그건 너무나 오래 술을 마셔 왔기에 음주가 아침 마사지만큼이나 일상적 의식이 되었기 때문이고, 내가 술을 마실 때는 그건 인간관계의 틈을 채우기 위해서다. 하지만 롤라와 래리는 술을 마실 이유가 있다는 환상을 창조하기 위해서 술을 마시고 있었다. 하기야 궁극적으로는 별 차이가 없었다. 둘의 술값을 내는 사람은 다른 사람이었으니까. 하지만 이 비협조적인 세상에서 아직 그들에게는 그들 것으로 말뚝 박은 땅 한 조각 없었고, 세워지기도 전에 자꾸만 부서져 내리는 울타리를 보는 것은 나를 우울하게 했다. 제프가 피아노에 기대섰다. 훤칠하게. 소유권자답게. 그가 피아노를 떠나 테이블 사이를 이리저리 돌아다닐 때도 그를 따라다니며 그의 안전망에 동참하는 롤라의 시선을 느낄 수 있었다. 래리는 제프가 자기 아내에게 보이는 관심에 우쭐한 기색이었

7) **Negroid**: 넓게 말해서 흑인종, 좁은 의미로 아프리카 사하라사막 남쪽에 사는 인종을 말한다.

다. 또는 그래야 한다고 생각했든지. 아무튼 그는 술김에 나를 붙잡고 한참 떠들었다. 파티가 8월의 밤에 떠밀려 끝나갈 때 나는 내 차로 래리를 숙소에 데려다주었다. 우리는 롤라를 무수한 "자기야"와 잡다한 "내 사랑"의 한가운데에 남겨두고 왔다. 그녀는 제프가 골동품 장식장이라도 되는 양, 이미 더없이 말쑥한 그를 매만지느라 여념이 없었고, 반면 제프는 진짜 장식장도 그러지 않겠다 싶을 정도로 수동적이었다. 다음날 아침, 래리는 롤라가 아침식사 때가 지나서 돌아왔다는 사실에 처세적인 자세로 임하기로 단단히 작정한 듯했다. 말하자면, 그는 자기 달걀 프라이만 슬쩍 언급하고 넘어갔다.

그해 남은 여름 동안 래리의 역할은 신경 쓰지 않는 것이었다. 그는 그 역할을 대단히 능숙하게 해냈다. 그는 대타용 하프백처럼 무신경해졌고, 끝날 무렵에는 경기에 불려 들어갈 기대조차 않는 것처럼 보였다. 재정적으로는 둘이 그때까지 자력으로 아주 잘 지냈다. 개인 파티들을 다니며 연주하다가 나중에는 단기 클럽을 꾸렸다. 클럽은 그녀가 빠르게 읊조리는 블루스 곡조에 맞추어 고독과 광란의 끝으로 치달았고, 가을바다의 노호에 부딪혀 소멸했다. 제프도 그의 얼빠진 패거리를 이끌고 떠났다. 우리 셋만 해변에 남아 가시처럼 따가운 햇살 아래 몸을 떨었다. 파랗던 바다는 붉덩물이 졌고, 수영복은 해수욕을 쉬는 짬에도 마르지 않았다. 우리는 소비되지 않는 싸한 바다 냄새에 짜증이 났다. 두 사람은 서로 간에 세련된 냉담함을 표방했지만, 그런 허세에도 내 눈에는 그들이 서로에게 심지어 다툴 때조차 얼마나 필요한 존재인지 보였다. 래리는 무라트[8] 담배 광고 속 인물인 양 행동했고, 롤라는 제프의 관심에 한껏 부풀었던 때는 언제냐는 듯 래리의 어쭙잖은 처세를 자랑스러워했다. 항상 으슬으슬한 날씨는 내 기질과 상극이었다. 나는 그곳을 떠나기로 했다. 둘은 겨울을 어디서 보낼지 정처 없었다. 그래서 떠날 때 나는 둘에게 원하면 몬테카를로까지 태워 주겠다고 했다. 개학 첫날 같은 기분에 상쾌하고 기대에 찬 공기 속에 도로를 달리니 우리의 축 처졌던 희망도 되살아났다. 우리는 가던 길을 멈추고 맥주에 치즈를 먹으며 지중해 가을의 간명함을 감상에 젖어 바라보았다. 니스 해안에 늘어선 페인트가 허옇게 뜬 호텔들이 다시 덧문들을 활짝 열었다. 해안가 회색 바위들은 더 이상 물과 햇살이 만드는 증기에 싸여 있지 않았고, 다시금 봐 줄 사람을 기다리며 몸치장 중인 풍경이 되어 혼기 꽉 찬 딸의 교태에 못지않게

8) Murad: 20세기 초 미국 등지에서 유행한 터키담배. 이국적이고 향락적인 분위기의 광고로 유명했다. 오스만 제국의 17대 술탄 무라트 4세(1612~1940)의 이름을 땄는데, 그는 담배를 금지했으며 흡연자 3만 명을 참수한 혐연가였다. 1차 세계대전 당시, 동맹국에 속한 오스만의 병사들은 피우지 못한 반면 오스만의 적이었던 미군을 비롯한 연합국 병사들은 사이좋게 나눠 피우는 터키담배였으며 이를 광고 컨셉으로 삼기도 했다.

노골적으로 자신을 팔고 있었다. 우리는 그 찬란함과 자신만만함을 빨아들였다. 여름철 바보놀음 끝에 받는 일종의 빛의 수혈이었다.

나는 이탈리아의 카네이션 만발한 구릉지로 접어들었다. 몬테카를로의 은은한 북적거림 속에 둘을 내려 주고 돌아설 때, 어쩐지 그들이 괜찮을 거라는, 부자와 특권층 사이에 있으면 안전할 거라는 기분이 들었다. 경찰이 도처에 깔린 이국적인 느낌 때문에 그런 마음이 들었는지도 모르겠다. 부자들이 얼마나 많은 감시를 필요로 하는지 아는 사람은 안다.

II

로마에 있는 내게 편지가 왔다. “제프가 우리에게 카페 드 파리(Café de Paris)에 멋진 일자리를 주선했어요. 그런데 우리가 그동안 돈을 모아 놓을 여유가 없었어요. 번거롭게 해드려 정말 죄송하지만, 롤라가 임신하는 바람에 이렇게 됐습니다. 우리에게 40달러만 융통해 주신다면 정말 감사하겠습니다. 우리 둘 다 마음 아프지만 지금 당장은 아이를 낳을 형편이 아니라서요.” 물론 나는 돈을 보내 주었고, 그들은 계속 가끔씩 내게 소식을 전했다. 편지 왕래로 알게 된 이후 사정은 이러했다. 어느 이집트 왕조의 마지막 후손이 두 사람에게 화려한 규방으로 가득한 대저택에 거처를 내

줬다. 건물 정면에서 뮤지컬 무대에서나 볼 법한 계단이 뻗어 나와 모나코의 오만한 언덕들을 코르셋처럼 두른 눈부신 저택이었다. 두 사람은 항구의 요트들에서 마시고 연주하고 밴시[9]처럼 울부짖으며 왕족 수준으로 흥청망청 지내는 모양이었다. 그들은 그 이집트인을 우리의 '검둥이 친구'로 지칭했고, 그에게 찰스턴[10]을 가르쳤고, 숙취에도 불구하고 서로에 대한 중독도 변함없었다. 그들의 재주는 끝내주게 미국적이었고, 그 재주로 한몫 잡았다. 그들의 재주는 '철부지 청춘으로 사는 것'이었다. 내가 둘을 다시 만난 건 이듬해 봄 파리에서였다. 솔직히 말해 그때 래리는 그해를 코트 보관소에서 동면한 사람처럼 보였다. 나이트클럽의 정체된 연기가 그의 머리 위에 섬뜩하게 미라화한 소용돌이를 틀었고, 그는 델리카트슨[11]의 민스파이[12] 표면처럼 번들번들했다. 그들은 엄청난 인기몰이 중에 있었다. 그사이 둘 다 계산적인 자질을 익혔다. 나는 예전에 그들이 의자에서 몸을 한껏 젖히고 노래할 때 음악 속에 있었던 '잃을 게 없는' 용감함이 그리웠다. 같이 저녁을 먹자고 했지만 그들은 항상 바빴다. 인생은 방탕한 백작들과 미국 갑부들과 환멸에 찬 영

9) Banshee: 아일랜드 설화에서 구슬픈 울음소리로 가족 중 누군가의 죽음을 예고한다는 여자 유령.
10) Charleston: 1920년대 미국을 휩쓸었던 4박자의 빠른 재즈 댄스.
11) 다양한 육류를 가공해 만든 육가공품을 파는 상점.
12) mince pie: 양념한 다진 고기를 넣어 작고 동그랗게 만든 파이.

국인들이 섞여 추는 일종의 버지니아 릴[13]이 되었다. 그 안에는 제프도 있었다. 래리가 제프를 대하는 태도는 묘했다. 그는 이제는 제프를 어느 후미진 골동품 상점에서 발견한, 그래서 알뜰히 모은 돈으로 롤라에게 사준 희귀품처럼 대했다. 물론 제프는 롤라를 진지하게 생각하지 않았다. 하지만 그녀를 어디나 따라다녔다. 그는 자신의 인장반지로 그녀의 담뱃재를 털어주었고, 그녀가 움직일 때마다 절로 떨어지는 듯한 그녀의 작은 조각들을 주워 주었다.

“저 도허티란 친구, 어떻게 생각해요?” 어느 날 밤 래리가 내게 물었다. 제프가 클럽 선거 후보자라도 되는 듯 비밀스런 분위기를 잡으면서. “글쎄, 잘 모르겠어요.” 내가 대답했다. 내게 제프는 래리보다도 가벼운 친구였지만 알고 지낸 역사는 래리보다 길었다. 여자들이 자기 아파트를 떠나는 걸 막으려고 제프가 자기 방 창밖에서 가짜 소나기 소동을 피우던 시절의 이야기는 구태여 꺼내지 않았다. 그 시절 제프가 호색한이라는 비난을 면한 건 순전히 그의 젊음과 유화적 매력 덕이었다. “매력적인 사람이죠, 사실. 예전에는 뮤지컬 코미디도 여러 편 썼어요.”

“아니! 정말요? 작품이 괜찮았나요?” 래리는 믿지 못하겠다는 표정을 지었다. 그는 제프에게도 한때 포부가—어쩌면 재능도—있었다는 것을, 그에게도 자신과 같은 인간적 속성

13) Virginia Reel: 미국 민속춤의 일종.

들이 있었다는 것을 차마 받아들이지 못했다.

"아, 그럼요. 훌륭했다고 생각해요. 당시로서는 매우 특별하고 세련된 작품이었죠."

"그런데 왜 그만뒀대요? 하기야 유럽은 누구에게나 나쁜 영향을 주죠. 이곳의 인생은 너무 안이하니까요. 그동안 롤라를 돌려보내려고 노력했어요." 그가 머뭇머뭇 말들을 내려놓고 자신 없이 배분하는 걸 보면서 그게 방금 떠오른 생각임을 알았다. 롤라를 이곳의 환경과 제프로부터 멀리 떼어놓고 싶은 속내를 읽을 수 있었다. 나는 뜬금없는 코미디 캐릭터들이 질색이다. 특히 '본인의 참모습을 보여주겠다는 요량으로' 갑자기 당혹스럽게 진지한 태도에 풍덩 빠질 때. 그래서 나는 계산서를 지불하고 자리를 떴다. 내가 제프를 저버리지 않았다는 것이 내심 뿌듯하기까지 했다. 바꿔 말하면, 사실은 나도 뒤에서 친구들 험담을 꽤 한다는 뜻이다. 나는 6월까지 래리를 보지 않았다.

그해 봄, 라일락이 생제르맹 대로의 담장들 너머로 치마를 드리웠고, 공기 중에는 병처럼 방랑벽이 퍼졌다. 거리에서 '마부들의 만남의 장소(Rendezvous des Cochers)'와 '운전기사들의 천국(Paradis des Chauffeurs)'[14]을 지날 때마다 들어가고 싶었다. 아침이 너무나 다정해서 어린아이 옆에서 걷는 기분이었다. 보도에 나와 바람 쐬는 사람들을 구경

14) 대중음식점 또는 대중주점을 부르는 명칭들이다.

하며 어느덧 카페 데 두 마고(Café des Deux Magots)까지 왔을 때 래리가 나를 따라잡았다. 지난번 퉁명스럽게 끝난 만남이 떠올라 어느 정도 냉담한 반응을 예상했지만, 의외로 그는 간밤에 올렸다가 끄는 것을 잊어버린 봉화처럼 대낮의 햇빛이 무색하게 환하게 웃고 있었다. “우린 떠납니다.” 그가 의기양양하게 말했다. 마치 우리가 어제도 만났던 것처럼. 대뜸. “내일 정오에 출항해요. 롤라는 처음에는 죽어라 가기 싫어했지만, 우리가 이름을 떨치려면 알려진 김에 지금 귀국해서 자리를 잡아야 한다는 말을 결국은 납득했어요.”

“정말 잘 생각했어요.” 나는 조심스럽게 말했다. 하지만 어이가 없었다. 여기 사람들이 둘을 알아보기 시작한 바로 지금 모든 걸 내던지고 떠나겠다니 멍청한 생각 같았다. 그러나 물론 그의 동기를 짐작 못할 바는 아니었다. 제프와 롤라를 두고 악의적인 뒷말들이 나돌고 있었다. 래리가 슬그머니 내 팔을 잡아끌었고, 우리는 소리 없이 걷는 사람들에 섞여서, 센강에 짙은 색 풍경을 드리우는 갈색 거리 중 하나를 미끄러져 내려갔다. 그림자는 눈이 녹을 때의 공기처럼 콧속을 시원하게 했고, 햇빛은 세상에 불어 씌운 유리 막처럼 깨질 듯 연약했다. 래리가 걸음을 멈추고 담배에 불을 붙였다. 그의 동작은 어딘지 막 선행의 실천을 앞둔 보이스카우트를 연상시켰다. 나는 기다렸다. “저기요,” 그가 입을 뗐다. “조만간 제프를 보게 되면 요전날 밤에는 내가 무례했다고, 미안했다고 전해 주실래요? 내가 좀 심했어요. 제프가 롤라에게 찝쩍댄다고 생각했는데 술이 깨고 보니 그게 얼마나 이상한 생각인지 알겠더라고요. 제 사과를 전해 주실 거죠? 롤라가 안부 전한다는 말도요. 참, 미국에 도착하는 대로 수표를 보내겠다고, 빚은 꼭 갚겠다는 말도요." 말을 마친 그는 홀가분해 보였다. 주어진 모든 의무를 이행하고 이제는 떳떳한 마음으로 장면에서 퇴장할 수 있다는 얼굴이었다. 센 강이 타자기 먹끈처럼 이 도시에 파리라는 철자를 새기며 흐르는 강변에서 나는 부부에게 행운과 좋은 여행을 빌어 준 뒤 래리와 작별을 고했다. 공교롭게도 그때 나는 제프를 6개월 동안 보지 못했고, 그날 이후에도 6개월 동안 제프를 만날 일이 없었다.

그러다 어느 일요일 아침, 나는 토요일 밤의 우월감을 잃어버리며 잠에서 깼다. 그 때문인지 어느 때보다 떳떳하게 뤽상부르 공원 조각상들의 차가운 평정을 대면할 수 있겠다는 생각이 들었다. 나는 사람이 할 수 있는 모든 표면적인 일을 마친 후, 내면의 먼지까지 후다닥 털어내고 밖으로 나섰다. 교향악 같은 택시 경적 소리가 일요일의 숨죽인 고요를 좁은 거리들로 차분히 불어 보냈고, 나도 그 나직한 음조를 구두 바닥으로 지르밟으며 걸었다. 그러다 우연히 박물관 앞에서 제프와 마주쳤고, 우리는 함께 점심을 하기로 했다. 습관이 같은 사람들은 거기서 나올 때도 같은 탈출구를 발견하는 법이다. 우리는 포요(Foyot) 레스토랑으로 가서 장장 두 시간을 할애해 무기력 상태에 빠질 때까지 먹었다. 얼마 안 가 우리의 교리문답식 빤한 대화도 바닥났고, 나는 토막소식들을 찾아 과거를 더듬다가 래리의 메시지를 떠올렸다. 제프는 어정쩡하고 회의적인 미소를 지었고, 문제의 연애사건에 대해 내가 못마땅해하는 기색을 감지하자 구구절절한 자기정당화를 시작했다. 제프는 말이 길어지면 영 따분하다. 사태를 모면하는 데 전보 비용이 얼마나 들었는지 시시콜콜 이야기하면서 막상 그게 어떤 사태였는지는 듣는 사람의 짐작에 맡기는 식이었다. 하지만 나는 그 철부지들이 궁금했고, 둘의 소식을 듣지 못한 지도 오래됐기에 참고 들었다. "롤라와 래리는," 그가 입을 열었다. "박물관에나 어울려요. 초기 네안데르탈인이랄까. 그 둘은 어째서 인생을 어른답게 살지 못하는지 모르겠어요. 알다시피 내가 롤라를 많이 좋아했잖아요. 래리도 좋은 녀석이었고. 그래서 둘이 유럽을 떠날 때 내가 지인들에게 우편주문서를 죽 띄웠죠. 실패란 것이 내게 아직 참신한 경험이었던 시절, 내 실패작들을 무대에 올려 주던 친구들한테 말이에요. 둘에게 괜찮은 일자리를 구해 주려고요. 레 자르카드 알죠? 뭐가 그렇게 멋진지 사람들이 숨죽여 노닥대면서 비슷한 곳에 비슷하게 모여 있는 다른 사람들보다 샴페인 값을 10달러 더 내는 것에 뿌듯함을 느낀다는 거기 말이에요. 거기서 둘이 할 일은 그저 노래하고 사교계 왈패로 행세하는 거였고, 한동안 둘은 그 역할을 멋들어지게 했어요. 온갖 형용사란 형용사가 둘에게는 맞춤이었죠. '정신없고, 혼미하고, 죽여주고' 등등. 사람들이 그리로 떼 지어 몰려갔어요. 거기서는 대화를 위한 신조어들을 생각해낼 필요가 없었으니까. 만사가 오븐 속 폭죽처럼 흘러갔어요. 내 전처가 그 장면에 등장하기 전까지는 말이죠. 아니면 그 장면이 그녀를 빨아들이기 전까지라고 해야 할까? 어느 쪽인지는 알 수 없지만요. 알다시피 메이블은 진기한 빅토리아 양식을 고수하는 여자예요. 그리고 미국에 나 말고 자기와 동침하지 않은 남자가 있다는 건 그 여자 자존심이 허락하지 않았겠죠. 당연히 래리의 잘생긴 외관에 추파를 보내기 시작했고, 그게 파멸의 서막이었어요. 메이블은 매일 밤 작위 있는 한량을 달고 와서는 롤라에게 자비롭게 양보했고, 그렇게 넷이서 밤이면 밤마다 담배꽁초를 하이볼 찌꺼기에 음울하게 적셔가며 행복한 언쟁을 벌였죠. 메이블은 관능적인 여자고, 결국 귀족을 선망하는 래리의 아킬레스건을 잡았죠. 좌우간 롤라는 래리의 마음이 떴다는 것을 알고 전투적으로 변했고, 상황이 상한 겨자처럼 매캐해지자 불편한 분위기에 진력난 고객들이 떨어져 나가기 시작했어요. 넷이서 서로 낯짝을 박살내지 못해 안달인 걸 모두 아는 마당에 어느 분별 있는 사람이 고작 두 어릿광대를 안쓰럽게 바라볼 특권을 위해 하룻밤에 100달러씩 허비하겠어요? 둘은 해고당했어요. 흠, 사람은 먹고살아야 하고, 전쟁 이후 빵과 위스키는 비싼 게 문제죠. 롤라가 브로드웨이 해결사를 구해 애정이전[15] 소송을 냈다는데, 전체 비용이 10만 달러를 호가할 태세예요. 메이블은 이혼 수당 외에는 한 푼도 없는 데다, 별나게 사는 데만도 돈이 무지막지하게 들어가요. 물론 나로서도 이런 진흙탕 싸움이 신문을 장식하도록 놔둘 순 없어요. 사실 요즘 같아서는 언제 내 모닝 롤에 다이너마이트가 들어 있을지 알 수 없다니까요. 어쩌겠어요, 그따위 쌍으로 미친 인간들과 노닥거린 대가를 치른다고 생각할 수밖에."

제프는 인생철학을 수표책으로 배운 속편한 사람이고, 솔직히 나는 그가 자신의 교육을 받아들이는 그 태평무사함이 부러웠다. 그는 택시에 올라 역시나 태연자약하게 떠났고, 나는 거기 해골 같은 햇살 속에 서서 인간관계의 덧없음을 뼈저리게 느꼈다. 나는 철부지들이 궁금했다. 예전의 두 사람에게는 우리 대부분은 전혀 가져 보지 못한 뭔가 소중한 것이 있었다. 인생과 서로에 대한 득의양양한 자신감. 갓 가지 구두끈으로 예쁘게 땋은 크라바트[16]처럼. 롤라가 원한

15) alienation (of affections): 상대의 애정을 식게 만든 제3자의 악의적 행위. 버림받은 남편이나 아내가 혼인 관계 파괴의 책임이 있다고 생각하는 제3자를 상대로 애정이전 소송을 제기할 수 있었다. 그 제3자는 대개 배우자의 간통 상대였다. 현재는 미국 내 몇 개 주에서만 이를 불법 행위로 인정한다.

16) cravat: 넥타이처럼 매는 남성용 스카프.

건 무엇일까? 그녀가 상심의 대가를 꽤 높게 불렀다는 기분이 들었다. 제프는 10만을 언급했다. 하지만 나는 왠지 그녀가 돈을 밝혀서 그랬다고는 생각되지 않았다. 다만 그녀 눈의 파란 표면은 끝장을 본다는 투지로 까칠하게 일어나 있었다. 너무 얕아서 다이빙이 불가능한 물에 박힌 날카로운 바위들처럼, 복수의 분위기가 어린 눈이었다. 래리는 착한 친구였다. 그가 메이블의 유혹에 굴복한 것이 혹시 앙심 때문은 아닐까 생각했다. 그 모든 것이 나를 짓눌렀다. 가을 아침처럼 상쾌하고 청명하고 산뜻한 것이 있던 곳에 지금은 아무것도 없다는 생각이 들었고, 그 생각이 싫었다. 이제 그들을 다시 보는 건 어린 시절의 장면들을 재방문해서 엄마의 집이 더는 그곳에 없다는 것을 확인하는 것과 같을 듯했다. 그래서 나는 그들을 마음속에서 밀어냈다. 틀렸다는 것을 알고 잘못된 개념을 털어버리듯이.

3주 후 나는 신문을 집다가 1면에서 나를 노려보는 지독한 비극과 마주했다. 그것을 헤드라인 뉴스로 만든 건 메이블의 요트였다. 그들 모두 허리케인 속에 사라졌다. 메이블과 래리와 그녀의 싸구려 짝퉁 수입품들. 원양어선이 방출한 쓰레기를 덮치는 갈매기처럼 노도가 그들을 집어삼켰다. 끔찍했다. 물에 빠져 죽을 뻔했던 어느 소년에게서 들은 이야기가 있다. 물에 떠 있으려고 하면 새들이 머리에 앉아 눈을 쪼아댔다는 이야기. 기사에 따르면 그들을 삼킨 바다의 풍랑은 40년 만의 최악이었다. 나는 그들이 단박에 가라앉았기를, 오랫동안 바다에 남겨져 고초를 겪지 않았기를 바란다. 래리의 시신은 끝내 발견되지 않았다. 다른 사람들도 마찬가지였다. 롤라만 구조됐다. 그녀는 병원 회복실에서 몇 주를 보냈다. 건강을 회복하자 롤라는 내게 애처로운 편지를 띄웠다. "돈을 좀 융통해 주실 수 있을까요? 봄에 개막하는 쇼에 일자리가 생겼는데, 아시다시피 우리는 그동안 모아 놓은 것이 하나도 없어서 그때까지 버틸 돈이 필요해요. 언제나 우리에게 친절하셨죠. 이제는 래리도 없고, 친구들도 남김없이 사라져버렸어요. 제프에게 부탁할 수도 있지만, 때로 이런 생각이 들어요. 애초에 우리가 그 사람을 알지 못했다면 이런 일이 일어나지도 않았겠죠? 그와 그의 아내는 정말이지 쌍으로 미친 인간들이에요. 우리가 요트에는 왜 탔던 걸까요? 메이블을 만나기 전까지 우리는 싸워도 집에서 아무 탈 없이 싸웠고 싸운 다음에는 모두 잊었어요."

롤라와 래리! 그들은 무엇이든 모으는 법이 없었다. 물론 나는 그녀에게 돈을 보냈다. 나는 그녀가 앞으로 5년 정도는 괜찮을 것으로 본다. 어쨌든 그때까지는 아름다울 테니까. 여자의 외모를 두들겨 부수고, 그녀가 환상적으로 여겼던 세상에서 습득한 매력을 구겨 없애자면 족히 30년은 걸린다. 가엾은 철부지들! 일전에 트렁크 열쇠를 찾던 중에 그들의 예전 파리 주소를 발견했다. 때 묻은 그림엽서 몇 장과 찢어진 50프랑 지폐 한 장과 기한 지난 여권과 함께. 래리가 내게 이 주소를 적어 주던 밤이 떠올랐다. 내가 집에 돌아가면 노래들을 보내 주겠노라 약속했던 밤이었다. 사랑과 성공과 아름다움에 관한 노래들을.

"젤다처럼 홍겹고 참신하게 생각을 표현하는 사람을 알지

못한다. 그녀는 한 손에 기성품 구절들을 들고

다른 손으로는 대외효과용 포장을 하는 일이 없다."

에드먼드 윌슨, 문학평론가이자 스콧 피츠제럴드의 미완성 유작
<마지막 거물>의 에디터

산문
Essays

친구이자 남편의 최근작

FRIEND HUSBAND'S LATEST

◊

오늘 아침 침대 옆 탁자에 새 책이 있는 걸 봤어요. 주황색 표지의 <아름답고 저주받은 사람들>이란 제목의 책이었죠. 요상한 책이에요. 내게 오싹한 매력을 주더군요. 그 탁자에 2년이나 놓여 있었는데 말이죠. 그 책을 저의 번쩍이는 비판적 식견과 엄청난 학식과 창대하고 감동적인 편파성에 비추어 신중하게 분석해 달라는 요청을 받았어요. 시작해 볼까요!

일단, 모두가 이 책을 사서 봐야 할 심미적인 이유들이 있어요. 첫째, 제가 42번가에서 단돈 3백 달러에 세상에서 가장 깜찍한 금란 드레스를 파는 가게를 알아요. 만약 충분히 많은 분들이 이 책을 사시면 고리 장식이 금상첨화인 백금 반지를 파는 곳에 갈 수도 있고요. 나아가 엄청 많은 분들이 이 책을 사시면 제 남편이 겨울 코트를 새로 장만할 수도 있어요. 물론 지금 입는 것도 지난 3년 동안 제 역할을 충실히 해 왔지만요.

이제 이 책의 다른 장점들을 말씀 드릴게요. 이 책이 가진 에티켓 매뉴얼로서의 가치는 무궁무진해요. 여주인공 글로리아의 모험이 아니라면 이보다 나쁜 행동거지의 사례들을 어디서 찾을 수 있겠어요? 그리고 존 로치 스트래튼[1] 목사의 마지막 설교 이후 이보다 유용한 칵테일 믹서는 말로도 글로도 나온 적이 없죠.

위기 상황에 대비해 지니고 다니기에도 더할 나위 없는 책이랍니다. 특별 포켓판 한 권 정도 목에 걸지 않고 불경스런 재미 사냥에 나설 수는 없는 노릇 아닌가요.

이 책은 할아버지에게 버림받았을 때, 또는 새벽 네 시에 열차역 플랫폼에서 빈둥거릴 때, 또는 고급 레스토랑에서 샴페인을 쏟았을 때, 또는 영화를 보러 다니기에는 너무 늙었다는 말을 들었을 때 어떻게 행동해야 할지 정확하고도 명료하게 말해 줘요. 누구의 인생에나 언제라도 일어날 수 있는 일들이잖아요.

위에 언급한 역경 중 무엇이라도 닥치면, 그저 이 책의 페이지들을 천천히 넘겨 보세요. 그러다 보면 당신이 처한 바로 그 상황이 눈에 딱 들어올 거예요. 그다음에는 책의 안내대로 따라가기만 하면 돼요. 가족 중 숙녀들에게 아주 유용한 문장들도 있어요. "나는 회색이 좋아요. 회색을 입으면 화장을 많이 해야 하니까요." 남편의 낡은 구두 처치법도 있

1) John Roach Straton: 1875~1929. 침례교 목사. 뉴욕시를 당시 미국 사회의 정신적, 영적 타락의 주범으로 규정했으며, 특히 알코올 판매와 정치 부패, 쇼비즈니스, 성적 문란을 강도 높게 비판했다.

어요. 글로리아가 앤서니의 구두를 자기 침대로 가져가요. 신발을 없애는 아주 효과적인 방법이더라고요. 거기다 "토마토 샌드위치와 레모네이드로 아침을 때우는 것" 같은 식이 요법은 비만 해결에 특효예요.

이제 책의 실내장식부로 눈을 돌려볼까요. 책 안에 모던하고 흥미로운 라인들을 적용한 욕실 리모델링 비결이 고스란히 들어 있어요. 욕조 옆에 서가를 놓을 설계안도 있고요, 욕실 벽에는 어떤 그림들이 적합할지도 세세하게 나와 있어요. 피츠제럴드 씨가 다년간 세심히 연구 조사한 결과예요.

책 자체도 허투루가 아니에요. 깔끔한 녹색 책등은 구조적으로 욕조에서 읽기 딱 좋게 만들었고 책장들은 젖어도 탈이 없어요. 더러워졌다 싶으면 책을 따뜻한 물에 그냥 쓱 담갔다 빼면 돼요. 샛노란 표지 커버는 파란색이나 적갈색 정장을 입고 5번가를 걸을 때 들고 있으면 딱이에요. 크기는 또 얼마나 좋게요. 오찬 약속에 맞춰 호텔 로비에서 대기할 때 읽기 좋게 나왔어요.

어떤 페이지에선 결혼 직후 불가사의하게 사라진 제 옛날 일기의 일부가 보여요. 꽤 편집되어 있지만 편지글들에서도 어쩐지 낯익은 내용이 있고요. 아무래도 피츠제럴드 씨는—스펠링 제대로 쓴 것 맞죠?—표절은 집안에서 시작된다고 믿나 봐요.

저는 여주인공의 캐릭터에 완전히 매료됐어요. 1890년경에 태어난 걸로 보이니까 저보다 10년 정도 연상인 거죠. 다만 유감스럽게도 책을 다 읽고 나서도 그녀의 정확한 나이를 알 수 없다는 점을 지적하지 않을 수 없네요. 그녀의 생일이 한 군데서는 2월로 나오고, 다른 데서는 5월이라고 하고, 또 다른 데서는 9월로 나오니까 영 헷갈려요. 하지만 여주인공 캐릭터와 부합하려면 책에 얼마간의 일관성 부족은 있어야죠.

제 말은 여주인공은 현실에서 친구 맺고 싶은 사람이라는 거예요. 뭔지 몰라도 그녀가 쓰는 루주에 꽤 놀라운 효과가 있는 것 같더라고요. 거기다 책 처음부터 끝까지 줄기차게 변하는 그녀의 머리색은 신기하게도 색상의 전 스펙트럼에 걸쳐 있더군요. 그 모든 변화가 인간에게 가능하기는 한지 아리송할 정도였어요. 마지막 챕터에 나온 연고 이름도 밝혀지지 않아 섭섭했어요. 이런 미학적 결함들이 참 안타까워요. 그렇다고 그 때문에 이 책의 구매를 단념하지는 마세요. 다른 모든 면에서는 전적으로 완벽한 책이니까요.

그 외에 이 책에서 마음에 들지 않는 점들은—물론 하찮은 점들이지만요—문학적 참조가 많은 점과 애써 박식한 티를 내는 점이에요. 특히나 질척거리는 부분들에서는 학창시절 <브리태니커> 백과사전에서 낯선 이름들을 찾아가며 벼락치기로 과제를 하던 때가 떠올라 힘들었어요.

여주인공 캐릭터가 정말 흥미롭죠. 저는 제니 게어하트[2)]나

안토니아[3]나 더버빌의 테스 같은 캐릭터들이 남자들의 마음에 일으키는 청승맞은 비애감을 극도로 혐오해요. 그들의 비극에서는 흙냄새만 날 뿐 아무런 감동이 없어요. 그런 캐릭터들은 만약 극적 자기표현의 능력이 있다가는 상징성마저 잃을 거고, 그런 능력이 없다면—실제로 없죠—따분하고 아둔하고 지루해질 걸요. 아니나 다를까 현실에서 실제로 그렇고요.

책은 비극적 어조로 끝맺어요. 여자라면 누구나 공포에 사로잡힐 내용이죠. 말이 나온 김에 말하자면 모피 상인이 경악할 내용이기도 해요. 쓸 돈이 3천 만 달러나 있는 글로리아가 시베리아담비 코트가 아니라 담비 코트를 사다니, 이건 하디[4]의 작품을 다 합쳐도 필적하기 힘든 비극이에요. 이와 같이 이 책은 엄청나게 우울한 분위기로 끝나고, 글로리아의 몰락을 그녀의 코트 취향과 연결하는 피츠제럴드 씨의 교묘한 기법은 헨리 제임스[5]조차 울고 갈 정도예요.

2) Jennie Gerhardt: 시어도어 드라이저(1871~1945)가 1911년에 발표한 소설 제목. 모진 운명에 농락당해 비극적 삶을 사는 빈곤층 출신 여성을 그렸다.

3) Antonia: 모진 기후와 싸우며 척박한 땅을 개척하는 이민자들의 삶을 그린 윌라 캐더(1873~1947)의 소설 <나의 안토니아>(1918)의 여주인공.

4) Thomas Hardy: 1840~1928, 영국 소설가. 영국의 19세기 농촌 지방을 배경으로 인간의 의지와 그것을 짓밟는 운명의 비극적 충돌을 주제로 한 <더버빌의 테스> 등 많은 작품을 썼다.

5) Henry James: 1843~1916, 미국 소설가. '의식의 흐름' 기법의 선구자로, 제임스 조이스와 버지니아 울프 등에게 영향을 미쳤다. 현대 소설 비평의 용어 대부분이 그에게서 나왔을 정도로 소설 이론에 위대한 업적을 남겼다.

플래퍼 예찬

EULOGY ON THE FLAPPER

◊

플래퍼[1]는 갔다. 그녀의 외장(外裝)은 전국의 수백 개 여학교들로, 언제나 수백 개 여학교를 모방하는 수천 명의 대도시 샵걸들에게로, 그리고 각자의 소도시에 있는 '노벨티 샵[2]'을 통해 언제나 대도시 샵걸을 모방하는 수백만 명의 소도시 아가씨들에게로 물림되었다. 석별의 정이 사무친다. 친애하는 고인을 대신할 시대의 산물은 영영 다시없을 거라고 생각하니 더 그렇다.

나는 플래퍼가 그녀의 플래퍼 행적이 아니라 기량과 공적으로 기억되리라 생각한다. 언제 또 소녀가 이렇게 말하

1) flapper: 1920년대 미국의 신여성을 말한다. 1차 세계대전 이후 여성의 사회 진출이 늘어나고 경제적으로 풍요롭고 문화적으로 개방적인 사회 분위기에서 출현했다. '플래퍼'는 어린 오리가 날개를 퍼덕이는 소리를 흉내 낸 의성어로, 소년처럼 덜렁대는 왈가닥을 표현한 단어다. 자유연애, 댄스홀, 방종 등과 연결된 부정적 의미로 쓰이기도 했으나 미국의 '플래퍼 붐'은 기존의 조신한 여성상과 억압적 규범을 거부하는 당대 여성들의 저항 정신을 대변하며 당시 문화, 예술, 패션에 엄청난 영향을 미쳤다.

2) novelty shop: 이국적이고 특이한 물품을 소량씩 판매하는 일종의 잡화상. 유행을 선도하거나 틈새 니즈에 부응하는 역할을 한다.

는 날이 올까? "음전한 여자는 매력이 없으므로 나는 음전한 여자가 되고 싶지 않아요." 언제 또 소녀가 이렇게 현명한 깨달음에 이르는 때가 올까? "남자는 키스하고 싶은 여자에게 춤 신청도 한다." 또는 "남자는 아빠에게 물어보지 않고도 키스할 수 있는 여자와 결혼한다." 이런 것들을 인지한 플래퍼는 무기력한 데뷔탕트[3]의 삶에서 깨어나 머리를 단발로 자르고 엄선한 귀걸이와 다량의 방약무인과 루주로 무장하고 전쟁터로 나갔다. 그녀는 추파를 던지는 것이 재미있어서 추파를 던졌고, 몸매가 좋았기에 원피스 수영복을 입었다. 체면이 필요 없었기에 얼굴을 분과 연지로 덮었고, 본인이 따분한 사람이 아니었으므로 따분해지는 것을 거부했다. 그녀는 자신이 하는 일을 늘 하고 싶었던 일과 의식적으로 일치시켰다. 엄마들은 아들이 플래퍼를 댄스파티나 티파티나 수영장에 데려가는 것을 탐탁찮아 했고, 무엇보다 마음에 두는 것을 반대했다. 플래퍼의 친구들은 대부분 남자들이었다. 하지만 청춘은 본디 친구를 필요로 하지 않는다—다만 무리를 필요로 할 뿐이다. 그리고 그 무리에 남자가 많을수록 플래퍼에게는 붐비는 무리가 된다. 플래퍼는 이러한 것들을 익히 알았다!

3) debutante: 처음 사교계로 나가는 16~20세의 상류층 여성. 당시 여성의 사교계 데뷔는 그동안 신부수업으로 닦은 매너와 외모를 혼인 시장에 정식으로 선보이는 것을 뜻했다.

이제 방약무인과 귀걸이와 원피스 수영복은 대세가 되었고, 1세대 플래퍼들은 지위가 공고해진 나머지, 그들의 자아태도는 10년 전 그들의 데뷔탕트 언니들의 자아태도와 구분이 거의 어려워졌다. 그들은 세상에 승소했고, 심드렁해졌다. 그리하여 차세대 플래퍼들은 갈로시[4]의 끈을 풀어헤치고 경중대면서 즐거운 일과 좋아하는 일은 굳이 제쳐두고, 그저 '플래퍼 명예 결사(結社)'의 창립자들을 능가할, 모든 것을 능가할 궁리만 한다. 플래퍼 문화는 이제 일종의 게임이 되었다. 더는 철학이 아니다.

얼마 전 신기한 신문 사설 하나를 접했다. 이 사설은 이혼 사태, 범죄 급증, 물가 상승, 부당 과세, 금주법 위반 사례, 할리우드 범죄들을 죄다 플래퍼의 탓으로 돌리고 있었다. 그 신문은 그 옛날 화목했던 난롯가[5]의 복원을 원했고, '하트 앤 플라워[6]'를 소생시켜 그것을 댄스파티에서 지금부터 영원토록 유일하게 연주되는 음악으로 옹립하고자 했으며, 일요일 아침 식전 기도의 부활을 원했다. 아울러 상황을 그전

4) galosh: 비올 때 구두 위에 신는 장화. 주로 고무로 만들며, 20세기 들어 대중화되었고, 특히 플래퍼 패션의 중요한 아이템 중 하나로 쓰였다.

5) fireside: 오붓한 가정생활 광경을 대변하는 단어다. 같은 맥락에서 'fireside woman'은 가정적인 여성을 뜻한다.

6) Heart and Flowers: 독일의 대중음악 작곡가 티어도어 모세-토바니가 1893년에 발표한 노래로, 20세기 초 멜로드라마 풍 극영화의 단골 배경음악으로 쓰이면서 1920년대에는 눈물 짜내는 촌스럽고 진부한 것을 일컫는 말이 되었다.

의 훌륭한 상태로 되돌리기 위해 플래퍼 억압을 주장했다. 그 신문에 따르면 서른 살 여자의 노이로제와 이혼 소송은 죄다 플래퍼의 탓이라는 거다. 하지만 말은 바로 하자. 플래퍼는 아직 그만큼 나이를 먹지 않았다. 내가 아는 이혼녀나 서른 살 노이로제 여자 중에 과거 플래퍼였던 여자는 없다. 여러분은 그런 여자를 아는가? 더구나 내 지론을 말하자면, 젊었을 때 순수한 신명 그 자체와 오래가지 않을 것을 뻔히 아는 연애와 극적 자기표현에 대한 욕망을 충분히 표출했던 여자들이, 오직 청춘만이 허용 가능한 권리들을 나이가 줄 때까지 기다리며 억눌려 살았던 여자들보다 오히려 나중에 '난롯가 회귀' 운동에 호의적인 태도를 가질 가능성이 높다.

내가 말하는 권리는 내일이면 죽고 없을, 속절없기에 더 애틋한 자기 자신을 실험할 권리를 말한다. 여자들은 열에 아홉은 일생을 임종 분위기로—그 분위기가 최후의 발버둥이냐 순교자의 체념이냐의 차이일 뿐—살지만 내일 죽지는 않는다. 그다음날도 죽지 않는다. 그들은 여러 가지 쓰라린 최후 중 하나를 맞을 때까지 쭉 살아야 한다. 신경 쓰기도 지겨워질 때까지 세상이 끝나지 않는다는 것을 그들이 빨리 깨달을수록 이혼 법정의 인기도 빨리 떨어질 것으로 생각한다.

"거리낌에서 벗어나자." 플래퍼는 호기롭게 외친다. 플래퍼는 한두 주 가량 매력적인 아침식사 상대가 될 것으로 점찍은 '애로 칼라 맨'[7]과 사랑의 도피 행각을 벌인다. 그 결혼은 예상대로 격분한 부모의 손에 무효가 되고, 플래퍼는 이전과 조금도 다름없는 모습으로 집으로 돌아와 몇 년 후 결혼하고, 그 후로도 오랫동안 행복하게 산다.

나는 청춘들을 환상 속에 잡아둘 그 어떤 논리적인 이유도 알지 못한다. 환상이 마흔에 깨지는 것보다는 스물에 깨지는 것이 덜 쓰리다. 내 말은 어차피 깨질 환상, 필연적 환멸이라면 말이다. 내가 알고 지낸 플래퍼들을 보건대 이 환멸이 그들에게 미친 영향은 나쁘지 않다. 널뛰던 그들의 욕망을 결정체로 굳히고 그들의 생활 수칙에 형태를 부여해서, 그들이 집으로 돌아와 그 후로도 오랫동안 행복하게 살게 할 뿐이다. 또는 영화계에 진출하거나. 또는 사회복지 '종사자' 등등이 되거나. 예술 쪽이든 금융 쪽이든 소수의 천재들을 제외하면 대개는 나이 들면 그저 두손 들며 포기하고, 연신 애달픈 한숨만 토하고, 인생의 팍팍함을 두고 넋두리를 늘어놓기 마련이다. 그러다 물론, 자식들을 돌아보며 이 애들은 왜 산타클로스와 동포애를 믿지 않는지, 착하고 순종하면 행복이 따라온다는 이야기를 왜 믿지 않는지 망연해한다. 그런데도 플래퍼 문화를 향한 가장 거센 비난은 그것이 이 나라의 청춘을 냉소적으로 만든다는 주장이다. 플래

7) arrow collar man/boy: 19세기 말에 셔츠 브랜드 'Arrow Collars and Shirts'가 셔츠와 분리되는 칼라를 발매했을 때 이 제품의 남성 광고 모델을 지칭한다. 빳빳한 셔츠와 날렵한 칼라와 깔끔하게 빗어 넘긴 머리와 잘생긴 얼굴로 젊은 여성들이 동경하는 남자의 표상이 되었다.

퍼 문화는 청춘을 명철하게 만든다. 그들이 가진 천연자원을 밑천 삼아 본전 뽑는 법을 가르친다. 그들은 그저 비즈니스 방식을 젊음에 적용하고 있을 뿐이다.

모든 남편에게 반란의 순간이 올까?

DOES A MOMENT OF REVOLT COME SOMETIME TO EVERY MARRIED MAN?

◊

허용치에서 25달러 초과하는 원피스를 살 때마다, 양말 틀 사는 걸 깜빡한 탓에 세탁 날 빨래에서 남편의 울 양말들이 2인치씩 줄어서 나타날 때마다, 식탁머리에서 그렇게 고기만 먹는 건 건강에 나쁘니 제발 채소를 많이 먹으라고 잔소리할 때마다 행여 남편이 즉각적이고 진압 불가한 반란을 일으키지 않을까 우려스럽다. 그러면 나는 면목 없는 무릎으로 그에게 기어간다. 제발 <키테레이아[1]>의 남자주인공처럼 행동하지 말아 달라고 빌면서. 이번만 제발 반란을 참아 준다면 그의 잠옷에 빠짐없이 단추를 달아 주고 한 시간 동안 등을 긁어 주겠다는 다급하고 정신없는 약속들을 하면서. 하지만 내 생각에 이론상 모든 행복한 신랑은 결혼식 제단에서 반란을 일으키고 그때부터 평생 동안 쭉 반란 상태

1) Cytherea: 미국 소설가 조셉 허거스하이머(1880~1954)의 1922년 소설. 아내와 자식을 둔 남자가 키테레이아(미와 사랑의 여신 아프로디테의 별칭)의 환상에 빠져 모험에 나서는 내용이다.

로 산다. 그 맹렬함의 정도만 시시때때 달라질 뿐이다. 그러다 삶에 맞선 최후의 반란을 일으켜 자신을 후다닥 소멸시켜 버린다. 남자들은 아내를 얻는 것과 과숙한 나이까지 장수할 책임을 지는 것이 대부분 동시에 일어날 뿐 전적으로 이어진 것은 아니라는 사실을 좀처럼 깨닫지 못한다. 이 결혼을 하지 않았다면 자신이 어떻게 풀렸을까 하는 생각들을 저마다 머릿속에 굴리는데, 대개의 경우 이 '생각'이 매주 한 번씩 일어나는 반란의 도화선 노릇을 한다. 최소한으로 추산해서 그렇다.

요즘 내 서가는 음험하고 불가해한 반란에 열중해 있는 매력적인 남성 캐릭터들이 우글우글 서식하는 곳이 되었다. 현대 소설을 통해서 나는 아무리 완벽한 남편이라도 한마디 말없이, 다짜고짜, 한 잔의 진을 찾아서 또는 성배를 찾아서 집을 훌쩍 떠날 수 있다는 것을 알게 됐다. 그래서 나는 아예 선전원으로 나섰다. 내가 남편이라면 나는, 아내가 얼른 옷을 입으라고 채근하는 바람에 엉뚱한 장식단추를 달고 손수건까지 까먹었는데 정작 아내가 옷을 더 늦게 입을 때마다 반드시 봉기할 것이다. 만약 아내가 하인들이 싫어한다는 이유로 자정이 지난 야밤에 부엌에서 달걀 삶는 것을 허락하지 않는다면 그때도 봉기하고 말 것이다. 그러나 나는, 과한 침묵의 반란에는 결코 탐닉하지 않을 것이며, 모든 반란은 단연코 집에서만 행할 것이다.

플래퍼는 어떻게 되었나?

WHAT BECAME OF THE FLAPPERS?

◊

플래퍼가 딱히 축복받은 명칭은 아니었다. 플래퍼라고 하면, 끈을 풀어헤친 갈로시와 귀를 덮는 머리 장식 등 이른바 플래퍼 용품들만 죽 떠오른다. 플래퍼란 이름이 아니었으면 아무렇지 않게 지나쳤을 물건들이다. 그런 것들은 플래퍼의 이름으로 차별화될 자격이 전혀 없는 여자들 무리의 그저 특이한 겉모습에 불과하다. 아니, 불과했다. 내가 이 글에서 다루는 플래퍼는 그것과는 매우 다르고 흥미로운 젊은이 집단이다. 이들은 아마도 불안정한 세대지만, 요람을 벗어나 자기주장을 하는 청춘 세대의 최초 사례다. 이들은 새로운 사상이나 새로운 관습이나 새로운 도덕 기준을 창안하지 않는다. 이들은 단지, 우리에게 익숙한 기존의 것들에 우리에게 익숙하지 않은 활력을 부여할 뿐이다. 우리는 *우리의* 딸들이 우리의 사상을 자기 것으로 생각하는 데 익숙하지 않다. 나아가 우리 중 일부는, 지난 날 우리가 놀이방에서 노는 아이들을 보며 품었던 신세대의 미래 모습에 지금의 신세대를 끼워 맞출 수 없다는 것을 불쾌하게 생각한다. 나로 말하자면 내 딸아이가 앞으로 18년 후에 무엇을 하든 그중 어느 것도 나를 놀라게 할 것 같지 않다. 그럼에도 아마 나는 미래에 따끔한 말로 딸에게 3천 피트 이상 비행하는 것을, 또는 애송이 윌리 존스와 시속 500마일 이상으로 달리는 것을 금지하고 있을 것이고, 소름끼치는 화성에는 근처에도 가지 말 것을 명령하고 있을 것이다. 다분히 상상 가능한 장면들이다. 하지만 그런 일들이 20년 후에 정녕 일어나게 된다면, 그 세상에서 내 아이는 과연 어떠한 참신한 종류의 엉망이 되어 있을지 궁금하지 않을 수 없다.

플래퍼는, 미네르바[1])처럼, 그녀의 몰락한 아버지—재즈—의 머리에서 다 자란 모습으로 튀어나와 아버지에게 무한한 애정과 존경과 효성을 쏟아 붓는다. 최근 플래퍼를 향해 찬사와 비난이 동시에 소나기처럼 쏟아진다. 플래퍼가 불러일으켰고 나도 일조하고 있는 소나기다. 다만 이 비평 세례의 흔한 중론과 달리, 플래퍼는 '전시의 사회적 불안이 낳은 풍조'가 아니다. 플래퍼는 아름다움, 젊음, 신명, 격조를 보다 거대하게 인식한 데 따른 직접적인 결과다. 이 인식이 젊은 반(反)청교도들을 앞세우고 카르마뇰[2])(언젠가 영화에서 보았다. 내가 신중하게 쓰는 단어다)을 입고 시대를 휩쓸

1) 지혜와 전쟁의 여신 아테나 여신의 로마식 이름. 제우스의 딸로 완전무장한 성인의 모습으로 제우스의 머리에서 태어났다.
2) carmagnole: 프랑스 혁명 당시 혁명 참가자들, 특히 공화당원들이 입었던 상의.

고 있다. 다만 이들이 재미를 주고 재미를 얻으라는 플래퍼의 신조에 어찌나 높은 웃돈을 붙였든지, 얼간이조차 덜시[3]가 되어 어리석음을 매력으로 삼고 있다. 하기야 덜시는 10년 전의 여자들, 다시 말해 루바이야트[4]를 인용해대며 남들이 자신의 마음을 얼마나 몰라주는지 토로하던 부류의 여자, 또는 자신의 내면에 영원한 어머니 정신이 깃들어 있다는 것을 증명하기 위해 상대의 넥타이를 바로 매주던 부류의 여자, 또는 자신이 상관하는 건 상대가 피운 담배의 수가 아니라 *원칙*이라며 자신의 고결한 품성을 뽐내는 것으로 긴 여름날 저녁을 보내던 부류의 여자보다는 한없이 바람직하다. 어제의 따분한 인간들을 일부만 말해도 이렇다. 오늘날은 지겨운 사람마저 독창적이어야 한다. 그러다보니 플래퍼 종파 중 비용이 딸리는 멤버들은 각자의 일과에서 개별적으로 대사를 따와야 했고, 이는 상대가 같은 연극을 보았는지, 같은 곡조를 들었는지, 또는 같은 책의 서평을 읽었는지에 따라 재미있기도 하고 재미없기도 하다.

최고의 플래퍼는 감정적으로 과묵하고 도덕적으로 용감하다. 자신의 생각은 언제나 드러내지만 자신의 감정은 모

3) Dulcy: 극작가 마크 코넬리와 조지 S. 코프먼의 1921년도 연극 <덜시>의 여주인공인 푼수 아내.

4) The Rubaiyat: 12세기 페르시아의 과학자이자 시인 오마르 하이얌의 시집. 1859년 영국 시인 에드워드 피츠제럴드(1809~1883)가 번역하여 서구에 소개했다. 공교롭게도 스콧의 아버지 이름과 같다.

두 혼자 처리한다. 이것이 사교를 보다 매력적이고 보다 세련된 수준으로 끌어올릴 두 가지 특징이다. 나는 플래퍼가 본의 아니게 천금같이 중요해진 예술 추종자라고 믿는다. 나는 플래퍼가 존재의 예술—젊음과 사랑스러움의 예술, 객체가 되는 예술—이라는 나름의 분야를 가진 예술가라고 믿는다.

거의 최초로 우리는 예쁘면서 동시에 존경할 만한 부류의 젊은 여성층을 개발 중이다. 이들만의 단독 기능은 재미다. 어떤 남자들이 보기에는 나이 먹는 과정을 보다 즐거운 과정으로, 다른 남자들이 보기에는 젊음을 유지하는 것을 보다 쉬운 과정으로 만드는 것이다.

부모들도 이제는 자식을 영속적 제도로 보지 않는다. 시류에 부합하는 엄마들은 이제 더는 계속 데뷔탕트처럼 보이려고 자녀를 어리게 잡아두는 방법을 쓰지 않는다. 대신 자녀의 성숙을 도와서 그들의 새엄마로 오해받는 쪽을 택한다. 일단 딸들이 자라 예비신부학교[5]를 마칠 때가 되면 바야흐로 그녀에게 자유와 사회활동의 시기가 시작된다. 딸들은 혼돈의 사교계 데뷔를 위해, 그리고 남편감을 향한 불꽃 튀는 경주에 착수하기 위해 집으로 몰려온다. 스물다섯에 독신은 더 이상 허용되지 않는다. 플래퍼는 서둘러 결혼한다.

5) finishing school: 상류층 딸들이 상류사회 문화와 매너를 익히는 사립학교.

그러지 않으면 뒤처져서 바로 치고 올라오는 더 어린 것들의 무리에 강제 편입되는 사태를 맞는다. 그녀에게는 결혼 전에 자신과 약혼자의 양립가능성 정도를 알아볼 시간이 없다. 그래도 결혼 후에 양립가능성이 상호간에 0으로 드러날 경우 둘이 갈라서게 되리란 건 알고 한다.

플래퍼! 그녀는 이제 나이 들어간다. 그녀는 자신의 플래퍼 신조는 잊고 오직 자신의 플래퍼 자아만을 의식한다. 그녀는 가족 친지의 요란한 환호와 갈채 속에 결혼했다. 그녀는 한때 그녀 앞에 예견됐던 '비참한 최후' 중 어느 것도 맞지 않았다. 다만 마침내 모든 착한 플래퍼들이 가는 곳으로 갔을 뿐이다. 젊은 부부의 세계로, 무료함과 쌓여 가는 인습과 아기를 가지는 기쁨 속으로. 그동안 찬란함과 용감함과 총기는 잠시 삶의 소용에 맡긴 채로. 모든 착한 플래퍼들이 그래야 하듯이.

파크 애비뉴의 변화하는 아름다움

THE CHANGING BEAUTY OF PARK AVENUE

◊

파크 애비뉴[1]는 그랜드 센트럴 역의 선로를 덮은 유리 웅덩이에서 발원해 조용히 그리고 부드럽게 맨해튼 북쪽을 향해 흐른다. 이 아스팔트 강 양편에 창문들과 단아한 신록과 높고 우아한 흰색의 파사드들이 솟아 있고, 중심부에는 수채화 같은 네모난 풀밭들이 기다랗게 줄지어 떠간다. <이상한 나라의 앨리스>에 나오는 여왕의 크리켓 경기장처럼. 내내 이어지지는 않지만.

이 거리는 더는 바랄 게 없는 눈들을 위한 거리다. 본인의 호기심에 방해받는 일 없이 걸으며 생각에 잠길 수 있는 합일(合一)의 거리다. 아치들과 열린 대문들을 통해, 중세 중

1) Park Avenue: 뉴욕 맨해튼에 있는 남북으로 뻗은 대로. 매디슨 애비뉴와 렉싱턴 애비뉴 사이에 있다. 19세기에는 철도가 지나가는 길이었고 이름도 4번가(Fourth Avenue)였으나, 20세기 들어 뉴욕시 개발이 진행되면서 중심부 철도 구간이 지하로 들어가 자동차 교통이 원활해지고 부근에 공원 비슷한 녹지대들이 생기면서 파크 애비뉴로 불리기 시작했다. 점차 5번가와 함께 뉴욕 상류사회의 주거지로 변모했고, 현재도 미국에서 부동산 가격이 가장 높은 곳으로 꼽힌다.

정 회랑이 생각날 만큼 넓고 돌이 깔린 안마당이 들여다보인다. 거물 부동산업자들이 보증한다. 그들의 비호 아래에 있는 사람들은 늘 충분한 공기를, 그것도 늘 아침 공기를 누릴 것이다. 파크 애비뉴에는 파리 풍경 펜화에서 느껴지는 정취가 있다. 오전 시간, 5번가가 이미 뜨거운 정오에다 점심시간일 때도 파크 애비뉴는 여전히 아침 아홉 시다. 도시 위를 높이 맴도는 맑고 투명한 뉴욕의 황혼도 여기서는 실종된 오후를 숨기기 위해 표류하는 듯하다.

파크 애비뉴에는 시든 난초가 심겨 있었던 적이 없다. 그럼에도 이곳은 남성적인 대로다. 남자들에게 매력을 배운 길. 은은하고 미묘한 분위기면서도, 애비뉴와 스퀘어는 남자의 산책에 적합하고 호의적인 배경이어야 한다는 입장이 확고하며, 그것을 세련되게 실천하는 길.

화창하고 바람 부는 날이면 파크 애비뉴는 호리호리하고 잘 차려입은 아이들로 활기를 띤다. 같은 집 아이들끼리 똑같은 옷을 입었고, 하얗게 풀 먹인 영국인 간호사나 파랗게 나부끼는 프랑스인 간호사나 흑인 또는 백인 하녀의 인솔을 받는다. 그들의 장갑 낀 손에는 광고 삽화와 불로뉴 숲[2)]과 파크 애비뉴의 아이들만 들고 다니는 것이 들려 있다. 후프

2) Bois de Boulogne: 파리 서부에 있는 거대한 삼림 공원. 나폴레옹의 산책용이었으나 19세기부터 모두가 이용할 수 있는 파리 시 소유의 공원이 되었다.

와 러시아 인형과 초소형 포메라니안 개.

이런 아침들에는 경묘함이 있다. 파크 애비뉴를 놓고 지리적 질문을 하는 사람은 없다. 이제 파크 애비뉴는 어딘가로 통하는 '길'이 아니다. 거기 존재할 뿐이다. 존재 이유는 하나다. 백만장자들이 좁은 공간에서 거대하게 살 수 있는 방법은 오직 이 긴 금발의 순백한 길이 제공하는 수준의 고즈넉하고 정연한 배경에서만 가능하다는 결론을 내렸기 때문이다. 이곳은 금빛 제복 수위들의 비호 아래 갓돌을 따라 길을 둘러보는 번쩍이는 고급차들의 좋은 휴식처다. 여기서는 심지어 통행도 초연하고 호방하다. 다른 길들보다 1인치 더 넓은 자유가 만든 결과다. 통행이 100야드 달리기의 연속 같다. 택시 운전사들은 빈차로 지나가면서 명랑하게 손을 흔든다. 너무나 많은 아침 공기량과 사교계 명부 독서량이 낳은 결과다. 신문팔이 소년들이 롤러스케이트를 타고 세상에서 가장 맵시 좋은 자동차들 아래로 달린다.

허공 높이 청록색의 구리 지붕들이 떠 있다. 동화와 담배 광고에 나오는, 구름을 뚫고 솟아오른 성의 꼭대기 같다. 요새에 매달린 아찔한 뾰족탑들과 험준한 바위산과 굳건한 벼랑들. 그랜드 센트럴 역에는 심지어 도개교까지 있어서 애비뉴에 진입할 때 마치 성채에 들어가는 기분을 느끼게 한다. 벼락부자의 성채.

애비뉴 남쪽에는 인형의 집의 칸칸처럼 아기자기한 상점

들이 길모퉁이마다 둥지를 틀었다. 귀부인의 안방 분위기의 상점들. 거기서 사람들은, 사과 한 알은 오스만 제국을 사듯 거창하게 사면서 리무진은 우표를 살 때처럼 태평하게 산다. 빌딩들을 배경으로 얇게 깔려 크리스털처럼 빛나는 상점들은 그나마 장식적 가치 덕분에 존재한다.

파크 애비뉴는 무엇보다 뉴요커를 위한 거리다. 뉴욕을 연상시키는 뉘앙스들로 가득하다. 다만 그것들은 하나의 에칭 문양으로 형상화, 정형화되어 있다. 절도 있고 냉담한 냄새들로 차 있다. 뜨거운 모터와 먼지 돌풍의 냄새, 제비꽃과 놋쇠 단추들 냄새. 그리고 변명 같은 안개 사이로 퍼지는 둥근 불빛들, 희박한 햇빛 속 흥겨운 차양들, 일요일의 종소리와 끝없이 이어지는 얼음장 같은 진열장들. 이곳은 걷기 위한 장소다. 다시 말해 국제적인 거리다. 필요로 하는 것도 원하는 것도 없이, 시간은 많고 지갑은 두툼하기 때문에, 그저 아무거나 사는 고객들에게 익숙한 상인들의 거리다. 이곳에서 쇼핑은 즐겁고, 비싸고, 거룩한 것이다. 프랑스 병균 처치용 약을 파는 외국 약국들과 제방에서만 재배한 구근을 파는 네덜란드 꽃집들이 있는가 하면, 사냥 그림이 그려진 모자 상자들로 들어찬 모퉁이들도 있다. 그러면서도 한 블록 떨어진 매디슨 애비뉴의 특징인 시장 같은 분위기는 전혀 없다. 이곳의 상점들은 파리든 로마든 나를 내가 원하는 곳에 있게 한다. 그것도 이국의 장소에 있다는 불편한 자각 없이. 이곳은 거들먹대며 걷는 길이다. 흠잡을 데 없는 프랑스 레스토랑의 오찬을 위한 거리다. 급할 때 이용하기 좋은 길이기도 하지만 한가롭게 어슬렁대기도 좋은 길이다. 지인들과 티타임을 하기 좋은 길이기도 하다. 거리는 거리만이 아니라 다른 많은 것들이 될 수 있다. 그러나 링 라드너[3]의 유명한 말마따나 "뭔들 어떻겠는가?"

늦은 밤에도 이 더할 나위 없는 길은 위엄을 잃지 않는다. 새벽 세 시와 다섯 시 사이에 가상의 먼지를 닦아내는 거대한 회전 빗자루에도 그 위풍당당함을 나눠준다. 시당국의 거리 미화 작업에 작고 쓸쓸한 분홍빛 휘슬러[4]풍 런던 밤의 분위기를 부여한다. 때로 경찰차나 소방차가 적막을 찢으며 날듯이 달려왔다가 그 소리가 미처 귀에서 잦아들기도 전에 어둡고 흐릿한 빛 속으로 사라져 버린다. 미지의 심야 운전자들이 자신의 것이 아닌 운명을 급히 좇으며 그렇지 않아도 너무 기민해서 안식을 모르는 거리의 평화를 깨놓는다.

같은 아파트 건물에 영화 스타, 상속녀, 유명 아마추어 운동선수, 출판인, 작가, 그리고 친구가 모두 살던 때도 있었다. 매우 편리한 시절이었다. 집안 사정 또는 방탕한 여름 또는 파산으로 그들이 거리를 따라 뿔뿔이 흩어진 건 마음 아

3) Ring Lardner: 1885~1933, 미국의 유머작가 겸 단편작가. 1922년 피츠제럴드 부부가 롱아일랜드에 살 때 친분을 텄다.

4) James A. M. Whistler: 1834~1903, 화가. 국적은 미국이지만 런던에 본거지를 두고 유럽에서 활동했다.

픈 일이었다. 이곳은 그렇게 타오르는 거리다. 이제는 엄청나게 넓어져서, 타오르는 맨해튼에서도 가장 거대한 도로가 되었고, 전 세계가 아는 곳이 되었다. 그런데도 언젠가 말쑥하게 차려입은 범세계주의자 외양의 젊은 숙녀가 "아, 그거, 메디슨 애비뉴 옆에 있는 곳 말이죠?"라고 말하는 것을 들었다. 뉴욕에 사는 여자인데도 말이다!

서른 이후에도 사랑에 빠질 수 있을까?

WHO CAN FALL IN LOVE AFTER THIRTY?

◊

원숙함이 인간의 삶에 질서와 구분을 강요하면서, 사랑도 자연스럽게 습관의 자리로 떨어진다. 또는 아예 존재하지 않게 되거나.

스무 살 이후 한 번이라도, 이제는 반쯤 잊혔지만 아직 특별한 의미가 있는 얼굴들을 떠올리며 오지 않는 잠을 청해 본 적 있는 사람이라면 짐작컨대 서른 넘어서도 열렬한 사랑을 하게 될 가능성이 있다. 하지만 덜 로맨틱한 나머지들은—가능성 없다. 감수성 예민한 나이가 지난 후에도 하루 한두 시간 정도 버릇처럼 자기도 모르게 모호하게나마 낭만에 대해 사색에 잠길 때가 있는가? 그렇다면 이런 상태의 환자는 만약 필요한 진동수와 진폭을 보유한 이성을 만날 경우 그의 나이가 스물넷이든 여든일곱을 바라보든 거기에 무릎을 꿇게 된다.

반면, 톰 믹스[1] 영화 외에는 어떤 영화에도 자신을 대입

1) Tom Mix: 1880~1940, 1910년대 무성영화 시대의 서부영화 스타.

해 본 적 없는 남자, 또는 백일몽이라고는 늘 제국을 꿈꾸는 것이 다였던 남자는 짝짓기 충동을 자제와 불신의 자세로 대할 가능성이 농후하다. 그의 마음은 그 충동을 우리가 우리에게 보상으로 약속하는 장밋빛 사건들과 동일시하지 않기 때문이다. 이런 남자는 아무리 상대에게 홀딱 반해도 얼마 안 가 연인의 얼굴이 자신의 계획과 일정에 섞여 들어 있지 않다는 것을 알게 된다. 그녀는 그의 인생에 현실이 아닌 뭔가 부가적인 요소에 불과하다. 그녀에게는 승산이 없다.

하지만 사랑에 빠지는 버릇이 무척 오래 이어진 것이어서 사랑 자체가 명을 다한 다음에도 마음에 빈자리를 남기는 경우, 해당 환자는 열애라는 감기에 유난히 취약해진다. 현실 속 또는 허구 속 실연당한 남자들, 배우자에게 소박맞은 남편과 아내들, 냇 굿윈[2]의 전처들 등, 그 예는 수없이 많다. 아참, 파리를 난생 처음 보는 마하라자[3]도 빼놓을 수 없다.

스무 살 청년들과 열여덟 소녀들은 서로에 관한 생각 외에는 수심에 잠길 일이 거의 없으며, 이들은 어떠한 이름도 유행가에, 어떠한 사진도 원하는 틀에 끼워 맞추는 놀라운 재간을 부린다. 이 사실에서 영감을 얻은 불멸의 열정들 중에, 엘리너 글린[4]이 말한 '잇(it)'이 원인인 것은 오분의 일도

2) Nathaniel Carl "Nat" Goodwin: 1857~1919, 코미디언이자 배우.
3) 과거 인도 지역의 이슬람 군주를 일컫는 말.
4) Elinor Glyn: 1864~1943, 영국 소설가. <Three Weeks>의 저자. 섹스어필을 'it'으로 불렀다.

되지 않는다.

감정은 지속 기간이 아니라 그 깊이로 측정된다는 것을 어려서 깨달은 사람은 나중에 결혼한 후에도 감정적 도피행각이 주는 흥분과 설렘을 쉽게 포기하지 못한다. 애정사란 점진적으로 진행한다. 따라서 습관적 사랑꾼은 과거 경험을 통해 이번 사랑을 일생의 사랑으로 만들 분별력과 지혜와 시적 감성을 얻었다는 믿음을 가지고 매번 다음 연애에 임한다. 이런 남자는 나이 아흔에도 본인 의욕에 걸맞은 낭만적 관계에 제대로 얽혀 보지 못했다는 미련을 버리지 못하고 아련한 회한을 느끼다가 자신의 간호사와 우애결혼[5]을 고려할 공산이 크다. 정념도 반복된다는 점에서 명실공히 현실이다. 세월과 사연들이 첩첩이 밀려와 인생을 채운다. 그러면서 취향이 축적되고 그것을 충족하는 지식이 쌓이면서, 애욕은 단지 그것의 인식만으로도 남성성을 증명하는 일이 된다.

대개의 경우 서른쯤 되면 인생이 고도로 조직화되어서, 예기치 못한 외력을 받아도 전보다 쉽게 통제하고 다스리게 된다. 하지만 그렇다고 외력이 덜 심오해진다는 뜻은 아니다. 더 젊은 사람들은 보살핌을 받던 기분에서 미처 빠져

5) companionate marriage: 20세기 들어 개인의 자유가 중시되며 생긴 풍조로, 부모의 개입과 전통적 결혼관에서 벗어나 여러 이성을 만나며 실험적 기간을 거친 후 결혼을 결정하는 것을 말한다.

나오지 못해서 그런지 사랑에 빠졌을 때 인간적이고 구속력 있는 관계에 더 급급하다. 남자는 혼란스럽게 좌충우돌하며 책임이 따르는 나이에 접어들고, 그때쯤 깨닫는다. 자신이 사람들에게서 찾았던 자질들이 가장 만족스럽고 납득 가능한 상태로 존재하는 곳은 결국 자신의 내면이고, 자신에게 가장 긴요한 관계는 사업적 이해로 얽힌 공동체에 있으며, 사람들에게 있다고 생각한 신비는 사실 자신의 어리둥절함과 얼떨결이 빚은 오해에 불과하다는 것을. 만약 그가 서른이라는 이정표를 지날 때까지도 교회 리본 장식 통로를 걷지 않았다면, 이후에도 그가 거기에 성급하고 충동적으로 발을 들여놓을 개연성은 낮다. 그때쯤 남자들은 창백한 백합꽃의 신성한 향기에는 친숙해지고 파이프오르간의 고급스런 들숨은 경계하게 된다.

그래도 이들은 비록 자발적이진 않아도 여전히 사랑에 빠질 능력이 있는 후보들이다. 가능성은 대충 네 가지다. 첫째, 심미적으로 사랑에 빠지거나, 둘째, 호기심에서 사랑에 빠지거나(이때의 호기심은 젊은 감정 특유의 신비로운 질감과는 결이 다르다), 셋째, 같이 다니면 으쓱할 만한 미인을 만난 경우 소유욕에서 사랑에 빠지거나, 넷째, 대단히 처세적인 이유로 심사숙고해서 사랑에 빠지거나.

마흔의 남자에게 존재하지 않는 한 가지 열정이 있다면 그건, 청소년기 조혼의 주된 원인이기도 한, 허세에 차고 무모하고 무계획적이고 타협을 모르는 열정이다. 그때는 지평이 넓어져 있고, 에너지는 더 넓은 들판에 뿌려졌으며, 모험을 향한 충동을 다스리고 저울질하는 법을 이미 깨우친 다음이다. 존재의 다채로운 매력을 몽땅 타인에게 집중하는 것이 더는 마음대로 되지 않지만, 그렇다고 자신이 선택한 사람을 향한 충동의 진정성이 전만 못한 건 아니다. 남자의 애정의 척도는 그가 거기에 얼마나 격렬하게 굴복하느냐가 아니다. 남자는 열정의 대상을 인생에 합병할 필요성에 따라 굴복하기 때문이다. 따라서 삶이 충만하면 당연히 그 필요성이 줄어든다.

그럼에도, 오페라들과 안나 카레니나와 최근 <데일리 뉴스>의 루스 스나이더[6]는 모두 서른 이후에 일어난 사랑의 결과다. 늦사랑도 이렇게 강렬할 수 있다는 증거랄까.

성인의 엽색 행각이 공공연한 화제가 되는 현상은 그것이 비정상이라는 인식으로 이어진다. 하지만 원칙에 대한 예외로 보기에는 그런 일이 너무 빈번하다는 것이 함정이다. 나이 들면 감정이 가닥을 잡고 어른스런 정서 반응으로 변하지만, 그렇다고 그것이 청춘의 열정과 질적으로 달라진다거나 방향성이 달라지는 것도 아니다. 다만 표현 방식이 달라

6) Ruth Snyder: 1927년 애인 저드 그레이와 함께 남편을 살해하고 다음해에 싱싱 감옥에서 사형 당했다. 당시 <뉴욕 데일리 뉴스>가 스나이더의 전기의자 사형 장면을 몰래 찍은 사진을 게재해 사회에 큰 충격을 주었다.

질 뿐이다. 나이 들면서 바뀌는 건 말의 내용이라기보다 어휘다. 어떤 남자들은 계속 자유인으로 남는다. 무엇이 그렇게 만들까? 소싯적 연애의 서정성을 고수하는 것? 또는 세월과 더불어 자연스럽게 축적되는 회의론? 또는 자금 부족?

저 이유 중 하나만으로도 사교가 한량 남자에게는 교회문이 캘커타의 블랙홀[7]로 보이고도 남는다. 하지만 저 이유들이 모두 함께 작동한다 해도, 그의 구미를 돋우는 것—알프스 정상, 또는 리츠 호텔 바, 또는 엄마의 팬케이크, 또는 직위—을 제안하는 여자를 만났을 때 그가 아파트를 재단장하거나 헤어스타일을 바꾸는 등 신변 정리에 나서는 것을 막지는 못한다. 물론 본인은 꿋꿋하게 그게 다 본인이 좋아서 하는 일이라고 생각하겠지만.

우리가 보기에 서른이면 청춘의 안개가 걷히면서 감정이 보다 명료성을 띠는 나이다. 그때쯤이면 감정들이 범주—그들이 속한 자리—를 찾는 쪽으로 굳어진다. 같은 이유로 1년짜리 병 와인이 탭 와인보다 낫다. 더 비싸고 더 독할지 몰라도, 덕분에 사람들이 술을 덜 마시게 된다면야!

7) Black Hole: 과거 영국 동인도회사가 인도 캘커타에 세운 윌리엄 요새 안에 있는 지하 감옥. 1756년 인도 군대가 이 요새를 점령하고 포로들을 좁은 지하 감옥에 가뒀는데 하룻밤 새에 이들 상당수가 열사병과 질식으로 사망했다.

연지와 분

PAINT AND POWDER

◊

루주 포트와 마셀 아이론[1]을 욕하는 악담을 가로막고 이렇게 물어본 적 있는가? 그럼 존경하옵는 연사께서는 과거 1890년대에 선남들의 마음을 끌기 위해 어떤 방법을 쓰셨는지요? 물론 묻는다고 해서 그분이 과거에 자신이 빨간색 타자기 먹끈을 물에 적셔서 '화장의 악에 물들지 않은 순결한' 볼에 문지르던 날들이나 지진 머리를 고정하는 컬페이퍼와 이마로 뚝뚝 떨어지는 설탕물 때문에 불편하게 뒤척이던 불면의 밤들을 자백하지는 않을 거다. 오늘날은 장미꽃잎을 모아서 콜드크림을 만들 시간도 없고, 레이디 해밀턴[2] 처럼 납 중독으로 죽을 필요도 없다. 명민한 화학자들이 파우더와 루주, 비누와 크림을 정화하고 중화하는 데 종사한다. 이들의 명백한 목적은 자연의 결함을 수정하겠다는 노력을 안전한 일로 만드는 것이다.

1) marcel iron: 모발에 굵은 컬을 만드는 도구.
2) Emma Hamilton: 1765~1815, 영국 넬슨 제독의 정부이자 세기의 미녀로 유명하다.

목청이 좀 죽기는 했지만 여전히 도덕군자들은 얼굴 윤색은 도덕성이 의심스러운 여자의 증거이고, 부끄러운 돈 낭비이고, 그럴 돈이 있으면 중국에 기독교와 라디오와 세계대전을 전파하는 데 쓰겠으며, 그것은 부자연과 죄악이라고 외친다. 하지만 이들이 간과한 것이 있다. 번영과 힘이 있으면 거기에 예술과 아름다움을 향한 욕망과 장식을 바라는 취향이 따르기 마련이다. 미국 전체가 할리우드가 되고, 극장에서 비너스가 좌석 안내를 하고 살로메가 코트보관소에서 일하는 그 날까지, 예쁜 처자들이 더 많아지고, 이미 예쁜 처자들은 더 예뻐져라.

모든 여자들이 절세미녀가 될 수는 없다. 하지만 젊은 여성은 거의 누구나 보기 좋은 외모가 될 수 있다. 경쟁은 치열하고 참가는 자유다. 남자는 본인의 공적을 자랑한다. 그들은 본인의 힘과 머리에 대해, 즉 부를 축적했거나 기발한 쥐덫을 발명한 일을 미안해하지 않는다. 여자도 마찬가지다. 여자가 이웃보다 화장술에 능하다면 세상이 그녀 앞으로 경례하지 말란 법이 없다.

루주는 여자가 남자를 직접 선택하겠다는 의지의 표현이다. 주어지는 대로 받지 않겠다는 뜻이다. 연지와 분은 한 시대의 관능을 입증하는 것이 아니다. 오히려 반대다. 삭막한 짝짓기 세계의 정제된 표현이자 정선된 요소다. 베일을 써도 이왕이면 검은 베일보다는 장밋빛 베일이 낫지 않은가!

발랄한 뺨과 알록달록한 옷이 뭐가 문제인가? 여자들도 광고판, 비치파라솔, 백층 마천루, 주유소, 번영하는 하늘 못지않게 팔팔하고 생생한 존재라는 증표다. 오늘날에는 창백함이 20년 전의 루주만큼이나 격식 파괴다. 어린 소녀들부터 나이든 부인들까지 그들을 그들의 분위기와 조화시키는 마스카라와 붉은 연지에게 감사하자.

미국의 잉여 자산은 거의 다 과시에 들어간다. 만약 이것이 퇴폐라면 그것을 최대한 활용하자. 다만 나는 퇴폐의 증후가 있다면 그건 과도함이라고 생각한다. 퇴폐는 '더욱 더'에 대한 욕망이 아니다. 미합중국의 국부에서 연간 200억 달러를 차지하는 소소한 사치들을 더 많이 바라는 것이 아니다. 더 많은 값싸고 요란한 잡동사니들, 더 많은 유행과 스타일들, 더 많은 호들갑과 겉치레들. 이것들은 포드 공장과 라디오 방송국[3]에서 노동자를 수천 명씩 먹여 살린다. 미국인에게는 이것들이 더 필요하다. 이것들은 미국인에게 루브르 박물관과 자영 농가와 야외 식당이 없는 대신이다. 이것들은 미국인에게 없는 것들을 반짝이 장식으로 보상한다. 프랑스의 양귀비와 롬바르디아의 포플러와 파리의 분홍색 불빛이 없는 대신이다. 이것들을 더욱 더 바라는 건 퇴폐가 아니다.

3) 1920년대 미국 경제 성장을 주도한 것이 자동차 산업이고, 그 중심에 포드가 있었다. 또한 이때 폭발적으로 늘어난 라디오 보급률이 재즈의 전성에 일조했다.

우리의 젊은 여성들이 자신을 꾸미는 것을 포기한다면, 그때야말로 이 나라의 미래를 걱정해야 할 때다! 그때는 정말로 퇴폐라는 비판을 숙고해 볼 이유가 생긴다. 여자들이 더는 세상을 기쁘게 하려는 마음을 거둘 때 흔히 시대의 기백도 함께 시든다. 역사의 페이지들을 되짚어 보라. 여자들의 사랑스러움이 항상 남자들을—국가들을—추동해서 위대한 업적을 낳지 않았던가! 때로는 그릇된 업적이었던 때도 있었고, 과도한 아름다움에 눈이 멀었던 적도 있었다. 그러나 엄청난 일을 해내고 싶다는 욕망은, 설사 그 욕망의 방향이 잘못됐다 해도, 결국은 진전의 의지를 의미한다.

스파르타 왕비 헬레네의 여성미가 트로이 전쟁을 촉발했다. 전쟁의 여파로 국가들은 폐허가 됐지만 그녀는 역사에 남았다. 마리 앙투아네트는 낭비와 치장 면에서 극단으로 흘렀고 그 때문에 목이 잘리기는 했지만 세월을 가로질러 고상함과 호사와 보화의 상징이 된 반면, 여든 살에 본인 침대에서 죽은 수많은 소박한 여자들은 누구도 기억하지 못한다.

매력 없이 세계사에서 자기 자리를 만든 여자들이 있었는지 한 번 생각해 보라! 물론 미모가 없이도 민심과 제국을 뒤흔든 여자들은 있었다. 그러나 그들도 입수 가능한 모든 방법을 동원해 자신의 소박한 용모를 꾸미려 애썼을 것은 분명하다. 그들은 연지와 분이 상징하는 것을 업신여기지 않았다. 그들은 자신의 운명을 직접 선택하고자 했고, 인생이라는 거대한 게임에서 성공적인 경쟁자가 되고자 했다.

이 나라도 제 몫의 아름다움을 필요로 한다. 우리가 그걸 우리의 젊은 여성들에게 얻지 못한다면 어디서 얻겠는가?

따라서 만약 우리의 여자들이 치장을 포기하는 날이 온다면 그때 우리는 음산한 전선들, 훈련받은 벼룩 떼의 소굴 같은 오피스빌딩들, 해질녘 황량한 도시의 거리들을 슬픈 눈으로 바라보며, 엊그제의 쓰레기들로 구석구석까지 어질러진 이 부산스럽고 무심한 땅에서 거의 유일하게 아름다운 것은 화사하게 빛나는 여자들의 아름다움뿐이라는 것을 너무 늦게 깨닫게 될 것이다.

F씨 부부를 방으로 모시겠습니다

SHOW MR. AND MRS. F. TO NUMBER—

◊

1920년

우리는 결혼했다. 불가사의한 앵무새들은 격조 있고 고상한 빌트모어 호텔(The Biltmore Hotel)에 처음 나타나 설치는 단발머리들에 질색한다. 이 호텔은 나이 들어 보이지 못해 안달이다.

코모도어 호텔(The Commodore Hotel)의 빛바랜 장밋빛 복도들은 지하철과 지하 대도시들로 이어진다. 한 남자가 우리에게 망가진 마몬[1] 자동차를 팔았고, 친구들이 왁자지껄 소동을 떨며 30분이나 회전문 안을 빙빙 돌았다.[2]

1) Marmon sports coupé: 1917년에 나온 저렴한 로드스터(지붕이 없는 2인승 승용차). 500대 정도만 생산한 뒤 단종됐기 때문에 전후까지 남아 있던 마몬은 서비스와 수리를 받기 어려웠다. 젤다와 스콧 피츠제럴드 부부는 1920년 젤다의 고향 친구이자 한때 스콧의 라이벌이었고, 당시 콜롬비아 대학교 재학생이었던 레온 루스의 소개로 중고 마몬 자동차를 구입했다.

2) 젤다와 스콧은 1920년 4월 3일 뉴욕 세인트 패트릭 대성당에서 친구들만 참석한 간소한 결혼식을 치른 뒤 곧바로 43번가의 빌트모어 호텔에 투숙했다가 거기서 쫓겨나 근처에 있는 코모도어 호텔로 옮겼다. 이들은 호텔 회전문을 30분간 쌩쌩 돌리는 것으로 도착을 축하했다. 이들은 두 호텔 모두에서 소란스러운 행동을 이유로 퇴거당했다.

우리가 날밤을 새우며 단편을 마무리하던 웨스트포트[3]의 하숙집 근처에서는 동틀 때에 라일락이 피었다. 우리는 잿빛 아침 이슬 속에서 도덕에 대해 언쟁했고, 빨간 수영복을 두고 화해했다.

맨해튼 호텔[4]은 어느 늦은 밤에 딱 봐도 어리고 시끄러운 우리를 받아주었다. 우리는 배은망덕하게도 빈 여행가방에 숟가락들과 전화번호부와 커다란 사각형 바늘꽂이를 챙겨 넣었다.

트레이모어 호텔[5]에서 묵은 방은 회색이었고, 쉐즈 롱그[6]는 매춘부가 쓰기에도 좋을 만큼 컸다. 우리는 바닷소리에 잠을 이루지 못했다.

워싱턴의 뉴 윌라드 호텔[7]의 선풍기들이 복숭아 향기와 막 구운 비스킷 냄새와 출장 판매원들의 증기기관 시대 냄새를 복도들로 불어 보냈다.

3) **Westport:** 코네티컷 주 롱아일랜드 해협에 인접한 도시. 뉴욕 시에서 80킬로미터 정도 떨어져 있다. 피츠제럴드 부부는 결혼 직후 이곳에 있는 주택을 빌려서 살았다. 스콧이 이곳에서 두 번째 소설 <아름답고 저주받은 사람들>(1922)을 집필하기 시작했다. 주인공 패치 부부의 신접 살림집은 이곳을 모델로 했다.
4) **The Manhattan Hotel:** 맨해튼 칵테일의 발상지다. 1920년 당시는 이곳이 호텔로서의 수명을 다해 갈 때였고, 이듬해에 오피스빌딩으로 전환됐다.
5) **The Hotel Traymore:** 뉴저지 주 애틀랜틱시티에서 가장 오래된 호텔 중 하나.
6) **chaise longue:** 한쪽 끝에만 팔걸이가 있는 기다란 의자.
7) **The New Willard Hotel:** 원래 윌러드 호텔은 1847년에 생겼고, 여러 미국 대통령들과 찰스 디킨스, 너새니얼 호손 같은 유명 인사들이 머물렀다. 1904년에 세워진 12층짜리 뉴 윌러드 호텔은 워싱턴 D.C. 최초의 '마천루' 중 하나였다.

그런가하면 리치몬드의 호텔[8]에는 대리석 계단과, 오래 열리지 않았던 방들과, 메아리치는 공간들 어딘가를 헤매는 신들의 대리석상들이 있었다.

그린즈버러의 오 헨리 호텔은 1920년인데도 남편과 아내가 흰색 니커보커스[9]로 복장을 통일하고 다니면 안 된다는 생각이었고, 우리는 우리대로 욕조에서 빨건 진흙물이 나오면 안 된다는 생각이었다.

다음날 축음기에서 끽끽대며 흐르는 여름 선율에 앨라배마 주 애선스(Athens)의 남부 아가씨들의 치마폭이 부풀어 올랐다. 잡화점에서는 너무나 많은 냄새가 났고, 나풀대는 오건디 드레스가 지천이었고, 너무나 많은 사람들이 그저 어디론가 떠나고 있었다……. 우리도 새벽에 떠났다.

1921년

런던 세실 호텔(The Hotel Cecil) 사람들은 정중했다. 템스강의 길고 장엄한 석양이 가르쳐 준 태도였다. 우리는 젊었지만 힌두교도의 모습과 왕실 행렬에는 어쨌든 감복했다.

파리의 생 제임스 올버니(Hôtel Saint-James Albany)의

8) 버지니아 주 리치몬드에 있는 유서 깊은 제퍼슨 호텔을 말한다. 제퍼슨 동상과 웅장한 계단으로 유명하며 당시 피츠제럴드 부부가 서명한 고객명부가 남아 있다.
9) knickerbockers: 무릎에서 졸라매는 통이 넓은 반바지.

방에서 가공하지 않은 아르메니아 염소 가죽 냄새를 들이마셨고, 녹지 않은 '아이스크림'을 창문 밖에 내놓았다. 방에 지저분한 엽서들이 있었다. 무엇보다 우리는 임신 중이었다.

베네치아의 로열 다니엘리(The Royal Danieli)에는 도박기계가 있었고, 창턱에는 수세기 된 촛농이 있었고, 미국 구축함 위에 멋진 장교들이 보였다. 곤돌라를 타니 흥이 올라 감미로운 이탈리아 노래가 부르고 싶었다.

피렌체의 오텔 디탈리(L'Hôtel d'Italie)의 응접실에서 대나무 발과, 녹색 플러시[10]가 불만인 천식 환자 한 명과, 흑단 피아노 한 대가 모두 똑같이 취해 있었다.

그런데 로마 그랑 오텔(Le Grand Hôtel)의 금줄세공 장식 위에는 벼룩이 있었다. 영국 대사관에서 나온 남자들이 종려나무 뒤에서 몸을 긁었고, 호텔 직원들은 벼룩이 기승을 떠는 철이라고 했다.

런던 클라리지 호텔(Claridge's Hotel)은 딸기는 금 접시에 냈지만 방은 전망이 없는 방을 주었다. 온종일 방이 컴컴했고, 웨이터는 우리가 떠나거나 말거나 관심 없었다. 그나마 그 웨이터가 우리와 유일하게 접촉했던 사람이었다.

우리는 가을에 세인트폴[11]의 코모도어 호텔[12]로 들어갔

10) plush: 털이 벨벳보다도 길게 표면을 덮고 있는 모직.

다. 그리고 낙엽이 길거리에 날리는 동안 아이가 태어나기를 기다렸다.

1922~23년

뉴욕 플라자[13]는 에칭화 같은 호텔이었다. 내부는 아기자기하고 은은했다. 몹시 잘생긴 수석 웨이터는 거리낌 없이 5달러를 빌려주기도 하고, 롤스로이스를 빌려가기도 했다. 우리는 이 무렵에는 별로 여행을 하지 않았다.

1924년

파리의 오텔 데 듀몽드[14]는 우리 방 창밖으로 보이는 을씨년

11) 미네소타 주 세인트폴은 스콧의 고향이다. 이곳에서 1921년 10월 26일 부부의 딸 스코티(Frances "Scottie" Fitzgerald)가 태어났다. 당시 젤다는 딸아이가 '아름다운 바보, 작고 예쁜 바보'로 자라기를 바란다고 했고, 이 말은 <위대한 개츠비>(1925)에 데이지의 대사로 재탄생한다.

12) The Commodore Hotel: 당시 세인트폴에서 가장 좋은 호텔이었다. 이전에 부부는 세인트폴에서 주택을 임대했으나 집주인이 배관을 손상했다는 이유로 퇴거를 요구해 호텔로 옮겨 출산을 기다렸고, 출산 후 호텔에서 조금 떨어진 곳에 주택을 임대해 살았다.

13) The Plaza Hotel: 1907년에 개장한 두 번째 플라자 호텔을 말한다. 이곳의 티 룸과 그릴 룸은 당대 사교계가 애용하는 만남의 장소였다.

14) L'Hôtel des Deux Mondes: 팔레 루아얄(Palais Royal)과 루브르 근처에 있다. 피츠제럴드 부부는 1924년 5월 파리에 도착해 남프랑스 코트다쥐르로 떠나기 전까지 이곳에 묵었다.

스럽기 짝이 없는 마당에 면해 있었다. 우리는 실수로 딸아이를 비데에서 목욕시켰고, 아이는 진피즈(jin fizz)를 레모네이드인 줄 알고 마셨다. 아이는 다음날 오찬 식탁에서 저지레를 했다.

이에르[15]의 그림 파크[16]는 염소 고기를 제공했고, 부겐빌레아 꽃은 하얗게 작렬하는 먼지 속에 제 색깔만큼이나 파삭파삭했다. 니켈로디언[17] 소리에 귀 기울이며 공원과 사창가 밖을 어정대는 군인들이 많았다. 밤에는 어둠이 인동 냄새와 군대 가죽 냄새를 풍기며 비틀비틀 산비탈을 올라와 이디스 워튼[18] 부인의 정원에 내려앉았다.

니스의 륄[19]에서는 바다에 면하지 않은 방을 잡았다. 가무잡잡한 남자들은 죄다 왕족 행세였고, 비수기에도 방값이 워낙 높아 부담됐기 때문이다. 테라스에서 저녁 먹을 때, 별들이 우리 접시 위로 떨어졌다. 우리는 배에서 본 얼굴들을

15) Hyères: 코트다쥐르에서 가장 오래 된 휴양지 중 하나.

16) Grimm's Park Hotel: 스콧의 네 번째 소설 <밤은 부드러워>(1934)에도 등장한다.

17) nickelodeon: 5센트짜리 극장이란 뜻으로, 20세기 초 미국에서 인기를 끈 소형 영화관이자 미국 최초의 영화관이다.

18) Edith Wharton: 1862~1937, 미국 소설가. 1920년에 발표한 <순수의 시대>로 여성 최초로 퓰리처상을 받았다. 1차 세계대전이 끝난 후 평생을 여름과 가을에는 파리 근교의 파비용 콜롱브라는 시골 저택에서, 겨울과 봄에는 이에르의 옛 수녀원 생트 클레르 뒤 비유 성에서 살았다.

19) L'Hôtel Rühl: 니스에서도 가장 비싼 호텔 중 하나였다. 부부는 장기 거처를 찾는 중에 잠깐 머물렀다.

찾으며 이곳과 일체가 되고자 애썼다. 하지만 아무도 지나가지 않았고, 우리는 장엄한 군청색 하늘과 뤨산(產) 가자미 살코기와 두 번째 샴페인 병과 함께 덩그러니 남았다.

몬테카를로의 오텔 드 파리(Hôtel de Paris)는 탐정소설에 나오는 왕궁 같았다. 공무원들이 우리에게 뭔가를 잔뜩 발부했다. 티켓들과 허가증들, 지도들과 새롭고 거창한 신분증들. 그들이 우리에게 카지노에 적합한 고객이 되는 데 필요한 온갖 것들을 구비해 주는 동안 우리는 모든 걸 갖춘 태양 아래서 한참을 기다렸다. 마침내 상황이 정리되었고, 우리는 위풍당당하게 벨보이에게 칫솔을 가져다달라고 했다.

아비뇽의 오텔 듀로프(lL'Hôtel d'Europe)의 마당에는 등나무 덩굴이 늘어졌고, 새벽이 시장 수레들에 실려 덜컹덜컹 올라왔다. 트위드 옷을 입은 여인이 우중충한 바에서 혼자 술을 마셨다. 우리는 타베른 리슈(Taverne Riche)라는 술집에서 프랑스 친구들을 만나 늦은 오후의 종소리가 도시 성벽을 따라 울려 퍼지는 것을 들었다. 아비뇽 교황청이 넓고 유유히 흐르는 론 강 위로, 해 넘어가는 금빛 하늘로, 꿈처럼 솟아올랐다. 그동안 우리는 반대편 강둑의 플라타너스 나무 아래에서, 격하게, 아무것도 하지 않았다.

생라파엘[20]의 오텔 콩티넝탈(Hôtel Continental)에서는

20) Saint-Raphaël: 코트다쥐르에 있는 휴양지.

어느 프랑스 애국자가 앙리 4세[21)]처럼 자기 아기들에게 적포도주를 먹였다. 여름이어서 카펫을 걷은 까닭에, 아이들이 항변하는 소리가 접시와 사기그릇이 쟁그랑대는 공간에 유쾌하게 메아리쳤다. 이때쯤 우리는 프랑스어를 몇 마디 알아듣게 됐고, 덕분에 프랑스의 일부가 된 기분이었다.

앙티브[22)]의 오텔 뒤 카프(L'Hôtel du Cap)는 버려져 있다시피 했다. 발코니의 파란색과 흰색 벽돌들에서 한낮의 열기가 가시지 않았다. 우리는 친구들이 테라스를 따라 깔아놓은 널따란 캔버스 매트 위에서 볕에 탄 등짝을 덥히고 새로운 칵테일들을 만들어 냈다.

제노아의 미라마레 호텔(The Grand Hotel Miramare)은 어둡게 만곡을 이룬 해안에 꽃줄 같은 전등줄을 걸었다. 높다란 호텔들이 창문으로 쏟아내는 불빛을 받아 언덕들이 어둠 속에 형체를 드러냈다. 우리는 아케이드를 뽐내듯 걸어다니는 남자들이 아직 빛을 보지 못한 카루소[23)]들인 줄만 알았다. 하지만 그들은 우리에게 제노아도 미국이나 밀라노와

21) 1553년 앙리 4세가 태어났을 때 그의 할아버지가 피레네 지역의 전통에 따라 아기 입술에 마늘을 문지르고 쥐랑송 와인을 묻혔다고 한다. 또한 앙리 4세는 일요일이면 모든 백성이 닭요리를 먹는 부강한 나라를 만들겠다고 맹세한 왕으로 유명하다. 여기서 탄생한 요리가 와인에 닭을 조리하는 코코뱅(coq au vin)이라는 설이 있다.

22) Antibes: 코트다쥐르에 있는 휴양지.

23) Enrico Caruso: 1873~1921, 이탈리아의 전설적 테너 가수.

하등 다를 것 없는 비즈니스 도시임을 일깨웠을 뿐이다.

어둠 속에 피사에 도착했다. 피사의 사탑은 로열 빅토리아(The Royal Victoria)를 나서는 길에 우연히 근처를 지나갈 때에야 비로소 보았다. 사탑은 벌판에 혼자 덩그러니 서 있었다. 아르노 강은 흙탕물이었고, 크로스워드퍼즐 출제 빈도만큼의 고집도 없었다.[24)]

로마 퀴리날레 호텔(Le Grand Hôtel du Quirinale)은 매리언 크로퍼드[25)]의 모친이 사망한 곳이다. 객실 청소부 모두 그날을 기억하고 있어서 방문객들에게 당시에 방을 신문지로 덮었던 이야기를 해 준다. 거실은 용접해서 막아 버렸고, 창문은 종려나무들이 막고 있어 열 수 없다. 중년의 영국인이 눅눅한 공기 속에 졸면서 커피를 마시며 소금 친 눅눅한 땅콩을 깨작거린다. 이 호텔은 커피가 유명하다. 커피를 증기 오르간처럼 생긴 장치에서 뽑는데, 커피잔 안에 원두가루가 한가득 있어서 흔들면 눈보라 날리는 스노볼 같은 효과가 난다.

로마의 오텔 데 프랭스(L'Hôtel des Princes)에서 우리는 벨파에제 치즈와 코르보 와인[26)]으로 연명했다. 그리고 보르

24) 이탈리아 토스카나 지방을 흐르는 아르노 강은 크로스워드퍼즐의 문제에 많이 등장하기 때문에 지명 문제를 잘 맞히려면 반드시 알아두어야 하는 곳으로 통한다.

25) Francis Marion Crawford: 1854~1909, 이탈리아 출신 미국 소설가로, 다수의 로맨스 소설과 모험 소설을 썼다.

자 가문의 역사를 다룬 세 권짜리 책을 마칠 때까지 이곳에 머물 작정이라는 한 우아한 독신녀와 친분을 텄다. 침대 시트는 축축했고, 옆방 사람들의 코고는 소리가 밤마다 어둠에 구멍을 숭숭 뚫었다. 하지만 계단을 내려가 비아 시스티나(Via Sistina) 거리에 이르는 귀가길이 맘에 들었기에 신경 쓰지 않았다. 그 길을 따라 노랑수선화와 거지들이 있었다. 여행 안내서에 의지하는 건 당시 우리의 허세가 용납하지 않았기에 우리는 자력으로 유적을 찾아 나섰고, 녹초가 된 다음에야 밤 유흥가와 시장과 캄파냐[27]를 발견했다. 우리는 산트 안젤로 성(Castello Sant' Angelo)이 좋았다. 원형의 신비로운 통일성과 성 앞을 흐르는 강과 성 하단에 흩어져 있는 잔해들 때문에. 해질녘 로마에서 무구한 세월 속에 길을 잃고, 콜로세움을 기준 삼아 방향을 찾는 것은 무척이나 짜릿했다.

1925~26년

소렌토에서 묵었던 호텔에서 타란텔라[28]를 보았다. 그것이

26) 부부가 돈을 아껴 쓰고 있음을 보여준다. 벨파에제(Bel Paese)는 이탈리아 중부에서 흔히 먹는 연질 치즈이고, 코르보(Corvo)는 중저가의 시칠리아 와인으로, 둘 다 미국에서도 이탈리아 이민자들이 즐겨 먹는 식품이다.

27) Campagna: 로마 주변의 평원.

28) tarantella: 중세부터 내려온 이탈리아 나폴리의 민속 무용.

진짜였다. 그때껏 수없이 본 것들은 창의적인 각색에 지나지 않았다.

남쪽의 태양이 퀴시사나 호텔(Hotel Quisisana) 마당에 비몽사몽 최면을 걸었다. 하늘을 찌르는 사이프러스 나무 밑에서 낯선 새들이 졸음에 항의하고, 콤프턴 매켄지[29]는 우리에게 왜 자신이 카프리에 사는지 말해 주었다. 영국인들에게도 섬이 있어야 한다나.

카프리 섬 티베리오 호텔(Tiberio Hotel)은 언덕 위의 하얀 호텔이었다. 절대 내리지 않는 비를 잡을 요량으로 찻종처럼 구부러진 카프리의 지붕들이 호텔 발치에 물결 모양을 만들었다. 호텔로 올라가는 골목길은 어둑하고 갈지자로 많이 둘러갔다. 골목길들에 렘브란트 그림에 나올 법한 정육점들과 빵집들이 늘어섰다. 다시 내려왔을 때 어두운 이교도적 흥분감이 지배하는 카프리식 부활절과 만났다. 신의 부활보다는 민중 정기의 부활에 대한 축하였다.

우리는 다시 북상을 시작해 마르세유로 돌아왔다. 해안가 거리들은 항구의 눈부신 태양에 하얗게 바래 있었고, 행인들은 길모퉁이 작은 카페들에서 시대의 오류를 시끌벅적

29) Edward M. Compton MacKenzie: 1883~1972, 영국 소설가. 1차 세계대전 직전의 청년 세대를 다룬 그의 소설 <불길한 거리Sinister Street>(1914)가 동성애, 간통, 종교, 스코틀랜드 민족주의, 간첩 활동 같은 민감한 이슈에 대한 적나라한 묘사로 화제를 불러일으켰으며, 이후 여러 모방작을 낳았다. 스콧의 첫 소설 <낙원의 이편>도 매켄지의 영향을 받은 작품이다.

하게 논했다. 그 활기가 미치게 반가웠다.

리용에서 묵었던 호텔은 한물간 분위기였고, 리오네이즈 포테이토[30]는 들어 본 사람조차 없었다. 우리는 너무 맥이 빠져서 여행을 포기한 채 소형 르노 자동차[31]는 리용에 버려두고 파리행 기차에 몸을 실었다.

파리의 오텔 플로리다(Hôtel Florida)에는 네모반듯하지 못하고 벽이 비스듬한 방들이 있었고, 커튼 봉에서는 금박이 벗겨지고 있었다.

몇 달 후 다시 여행길에 올라 남쪽으로 향했다. 디종(Dijon)에서는 묵을 곳이 없어서 한 방에 여섯이 잤다. (염가호텔, 숙박비는 2프랑부터, 상수도 없음.) 친구들은 체면 구기는 일로 여겼지만, 아침까지 코를 골며 잤다.

우리는 피레네 산맥의 살리드베아른(Salies-de-Béarn)에서 그해의 유행병이었던 대장염 치료를 받았고, 오텔 벨뷔(Hôtel Bellevue)의 화이트파인 방에서 휴식을 취하며 피레네 산맥에서 흘러내리는 옅은 햇빛에 멱을 감았다. 우리 방 벽난로 선반에 앙리 4세의 동상이 있었다. 그의 모친[32]이 그곳에서 태어났다고 한다. 판자로 막아놓은 카지노의 창문

30) Lyonnaise potatoes: 리용식 감자 요리로, 감자를 정제 버터에 베이컨과 양파와 함께 볶는다. 리용이 양파로 유명해서 양파는 반드시 들어가야 한다.

31) 부부는 나폴리 항에서 배에 자동차를 싣고 마르세유에 도착했다. 파리까지 자동차로 갈 계획이었으나 자동차가 리용에서 고장 나는 바람에 파리행은 기차를 이용해야 했다.

들은 새똥 범벅이었다—우리는 안개 낀 거리에서 끝에 창이 달린 지팡이를 샀을 뿐, 모든 것에 조금씩 실망했다. 브로드웨이에서 우리 연극이 올라갔고, 영화사에서 6만 달러를 제시했지만[33], 우리는 그때쯤 도자기처럼 예민해진 탓에 돈은 그다지 각별해 보이지 않았다.

일정을 끝내고 우리는 빌린 리무진을 타고 카르카손의 회색빛 중세 성채를 가파르게 돌고 코트다르장의 사람이 살지 않는 들판을 가로질러 툴루즈(Toulouse)에 도착했다. 오텔 티볼리에(Hôtel Tivollier)는 장식은 현란했지만 이미 사용이 중단된 퇴락한 곳이었다. 우리는 이 칙칙한 돌무덤 어딘가에 삶이 이어지고 있다는 것을 확인하고 싶은 마음에 웨이터 호출용 벨을 계속 울렸다. 웨이터가 성질난 얼굴로 나타났고, 우리가 결국 그를 졸라 맥주를 잔뜩 얻어내는 통에 침울한 분위기가 고조됐다.

오텔 오코너(Hôtel O'Connor)에서는 하얀 레이스를 두른 노부인들이 잠을 부르는 호텔 의자에 앉아 흔들흔들 그들의 과거를 어르며 신중할 것을 당부했다. 프롬나드 데 장

32) 앙리 4세의 어머니인 나바라의 여왕 잔 달브레는 1528년에 파리 근교에 있는 생제르맹앙레에서 태어났다. 나바라 왕국이 피레네 산맥 지역에 있었기 때문에 이렇게 알려진 듯하다.

33) 스콧은 1924년 프랑스에서 <위대한 개츠비>를 완성했고, 1925년 4월 10일 출간 당시 부부는 이탈리아 나폴리에 있었다. <위대한 개츠비>는 출간 시점에는 기대한 만큼 수익을 올리지 못했지만 출간 다음해에 브로드웨이 연극으로 제작되어 인기를 끌었고 할리우드 무성영화로도 만들어졌다.

글레[34]에 있는 카페들은 포르토 와인 한 잔 값에 짙푸른 땅거미를 팔았고, 우리는 그들의 탱고를 추었고, 코트다쥐르에 걸맞은 옷을 입고 한기에 몸을 떠는 소녀들을 구경했다. 친구들과 르 페로케(Le Perroquet) 레스토랑에 갔는데, 우리 중 한 명은 파란 히아신스를 달고 갔고, 다른 한 명은 심술을 달고 갔는데 그 성미에 군밤을 한 수레 사더니 그 즉시 쌀쌀한 봄밤에 따뜻한 탄내를 적선하듯 뿌렸다.

그해의 서글픈 8월에 우리는 망통(Menton)으로 여행을 떠나 오텔 빅토리아(Hôtel Victoria) 건너편 바닷가의 수족관처럼 생긴 파빌리온에서 부야베스를 주문했다. 언덕들이 은색 도는 올리브색이었다. 진정한 변경(邊境)의 모습이었다.

세 번째 여름을 보내고 리비에라를 떠나며 우리는 칸의 오텔 콩티넝탈(Hôtel Continental)에 있는 작가 친구를 방문했다. 그는 검은 잡종 개를 입양했고, 그것이 가능한 독자적인 삶을 몹시 뿌듯해했다. 그에게는 멋진 집과 멋진 아내가 있었다. 편히 자리 잡은 듯한 그의 삶이 부러웠다. 세상을 원하는 대로 국한시켜 차지했더니 도리어 세상에서 은퇴한 분위기가 났다.

우리는 미국으로 돌아와 워싱턴의 루스벨트 호텔

34) La Promenade des Anglais: 니스의 지중해 해변을 따라 조성된 산책로 이름이다. '영국인의 산책로'라는 뜻으로, 19~20세기에 니스에 투자한 영국인들에 감사하는 뜻으로 그렇게 지었다고 한다.

(Roosevelt Hotel)에 여장을 풀었다가 우리의 어머니들 중 한 분을 뵈러 가기로 했다. 세트로 파는 종이모형 호텔들을 보니 우리가 거기 묵었던 것이 마치 신성모독 범죄처럼 느껴졌다. 우리는 워싱턴의 벽돌 보도들과 느릅나무들과 이질적 특징들을 뒤로 하고 남쪽으로 향했다.

1927~28년

캘리포니아에 닿는 데 무척 오래 걸렸다. 니켈 손잡이들과 피해야 할 장치들과 작동할 버튼들이 너무나 많았고 생소한 것들과 프레드 하비[35]로 넘쳐났다. 그래서 우리 중 한 사람에게 맹장염 증세가 보이자 거기를 벗어나 엘파소로 갔다. 거기서 혼잡한 다리 하나를 건너면 멕시코였다. 거기는 레스토랑들을 박엽지로 장식했고, 밀수한 향수들이 있었다. 우리는 텍사스 레인저스[36]를 신기하게 구경했다. 전쟁이 끝난 이후로 허리에 총 찬 남자들을 처음 보았다.

우리가 캘리포니아에 이르자 기다렸다는 듯이 지진이 났다. 낮에는 쾌청하고 밤에는 안개가 끼었다. 앰버서더 호텔

35) Fred Harvey: 1835~1901, 기차 여행자들을 위한 음식점과 호텔과 소매점 체인을 설립한 사업가. 여기서는 그가 만든 체인 음식점들을 말한다.
36) Texas Rangers: 1835년 멕시코 국경 경비를 위해 창설된 텍사스 주의 기마경찰. 점차 주 전체의 치안 업무를 맡으면서 주경찰의 시초가 됐다.

(Ambassador Hotel) 창밖 덩굴시렁의 백장미가 안개 속에서 빛을 발하며 한들거렸다. 청록색 수영장에서는 원색의 과장스런 앵무새 한 마리가 알아들을 수 없는 고함을 질러댔다. 당연히 모두들 음란한 말로 해석했다. 제라늄이 캘리포니아 식물군의 기강을 잡았다. 우리는 창백하고 초연하고 단아한 레이디 다이애나 매너스[37]의 원초적 아름다움에 경의를 표했고, 픽페어[38] 만찬에서 메리 픽퍼드가 삶을 역동적으로 지배하는 모습에 혀를 내둘렀다. 사려 깊은 리무진이 캘리포니아 시간대가 릴리언 기시[39]의 연약함에 누가 되지 않게 우리를 알아서 잘 실어 날랐다. 기시는 삶을 열망한 나머지 신비주의에도 포도 덩굴처럼 매달렸다.

거기서 우리는 윌밍턴의 듀퐁 호텔(Hotel Du Pont)로 옮겼다. 한 친구가 차를 들자며 우리를 중세 영지 분위기의 마호가니 나무 우거진 오지로 데려갔다. 은제 다기 세트에서 햇빛이 변명하듯 흐릿하게 빛났고, 번 빵이 네 종류로 나왔다. 거기에는 모두 승마복을 입어서 구분이 어려운 네 자매

37) Lady Diana Manners: 1892~1986, 영국 여배우. 본명은 다이애나 쿠퍼. 여러 문학가들에게 영감을 주었으며, 스콧 피츠제럴드도 단편 <젤리 빈>에서 언급했다.

38) Pickfair: 캘리포니아 베벌리힐스에 있었던 무성영화 스타 부부 더글러스 페어뱅크스와 메리 픽퍼드의 저택으로 1920년대에 할리우드 사교계의 구심점이었다. 게스트들은 당대 최고 유명 인사들을 망라했고, 영지 내에 인조 비치와 뱃놀이를 위한 석호와 승마용 마굿간까지 있었으나 게스트들에게 술을 주지 않는 것으로 유명했다.

39) Lillian Gish: 1893~1993, '미국 무성영화 시대의 여신'으로 불리는 배우.

와 지난 시대의 매력을 보존하느라 바빠서 아이들을 구분짓지 않는 안주인이 있었다. 우리는 델라웨어 강변에 있는 크고 오래된 저택[40]을 세냈다. 네모반듯한 방들과 길게 늘어선 기둥들이 우리에게 신중과 평온을 가져다 줄 듯했다. 마당에는 마로니에가 어둡게 우거졌고, 일본 수묵화처럼 우아하게 휘어진 화이트파인이 한 그루 있었다.

프린스턴을 보러 갔다. 식민지 시대 양식 여인숙이 새로 생겼을 뿐, 경기병 해리 리와 애런 버[41]의 낭만적인 유령이 사는 잡초 우거진 연병장은 여전했다. 우리는 나소 홀(Nassau Hall)의 낡은 벽돌 건물 특유의 차분한 모양새가 맘에 들었다. 초창기 미국의 이상을 담은 전당 같았다. 느릅나무 숲길과 너른 풀밭, 봄을 향해 열어놓은 대학 건물들의 창문들—창들이 인생의 모든 것을 향해서도 활짝, 활짝 열려 있었다. 비록 잠시일 뿐이라도.

버지니아비치의 캐벌리어 호텔(The Cavalier Hotel)에 갔

40) 윌밍턴 근처 에지무어에 있는 19세기 식민지 시대 양식 엘러슬리(Ellerslie) 저택을 말한다. 피츠제럴드 부부는 듀퐁 호텔에 머물면서 거처를 알아보던 중 스콧의 프린스턴 동창인 존 빅스의 도움을 받아 이 집을 구했다. 젤다는 어린 스코티를 키우며 살 집으로 엘러슬리에 기대를 걸었고, 저택의 모습을 그림에 담기도 했다. 부부는 1927년 3월부터 1929년 3월까지 이 집을 임대해서 살았다.

41) 해리 리(1756-1818)는 독립전쟁 중 기병대장으로 활약했고, 애런 버(1756~1836)는 워싱턴 장군의 참모로 활약했다. 둘 다 프린스턴 대학교를 졸업했다.

더니 흑인들이 무릎길이 반바지를 입고 있다. 과시적인 남부풍이 거슬리고 생소하다 못해 삭막해 보이지만, 거기에는 미국 최고의 해변이 있다. 지금은 별장들이 세워진 곳에 예전에는 모래언덕들이 있었고, 달이 해안 모래톱에 이는 잔물결에 걸려 넘어지곤 했다.

다음 행선지로 향했다. 이때쯤부터 방향감각도 자발성도 잃었다. 퀘벡행 무료 여행이었다. 그쪽에서 우리가 퀘벡에 대해 쓰지 않을까 기대한 모양이었다. 샤토 프롱트낙(Château Frontenac)은 장난감 석조 아치로 지은 양철 병정의 성채였다. 우리의 목소리는 폭설에 댕강 잘렸고, 낮은 지붕들에 종유석처럼 열린 고드름들이 도시 전체를 한겨울의 동굴로 만들었다. 우리는 스키가 벽을 두르고 있는 메아리치는 방에서 대부분의 시간을 보냈다. 거기 스키 선수가 어찌나 말을 잘하던지 완전히 문외한인 우리도 스키에 호감이 생겨 버린 까닭이었다. 그는 훗날 같은 이유로 듀퐁 가문에 발탁되어 화약 왕인지 뭔지가 되었다.

다시 프랑스로 떠나기로 결정했을 때 우리는 뉴욕 펜실베이니아 호텔(Hotel Pennsylvania)에 있었다. 그날 밤 우리는 새로운 라디오 이어폰과 서비도어[42]를 조작해 보며 시간을 보냈다. 서비도어에 양복을 넣고 해질녘에 열어 보면 각

42) Servidor: 투숙객과 직원이 대면 없이 세탁물 등을 주고받을 수 있도록 설계된 이중문 구조 공간이다. 마주보는 두 개의 문이 각각 객실과 복도에서 열린다.

얼음으로 변해 있었다. 틀면 얼음물이 나오는 수도, 세상사에 포위당해도 난공불락으로 들어앉아 있을 수 있을 정도로 없는 게 없는 객실은 암만 봐도 신기했다. 워낙 세상과 동떨어져 지내다 보니 이제 우리에게 세상은 복닥거리는 지하철역 같은 인상을 주었다.

파리의 호텔은 삼각형 모양이었고 생제르맹데프레[43]를 마주하고 있었다. 우리는 일요일마다 카페 데 듀 마고(Café des Deux Magots)에 앉아서, 오페라 합창단처럼 경건하게, 오래된 문들로 들어서는 사람들이나 신문을 읽는 프랑스인들을 구경했다. 리프(Lipp) 식당에서는 사우어크라우트[44]를 앞에 두고 발레에 관한 대화가 장시간 이어졌고, 눅눅한 알레 보나파르트(Allée Bonaparte)에서는 책과 그림을 두고 빈칸 같은 휴식 시간이 있었다.

이제 여행 다니는 것이 지겨워지기 시작했다. 다음 행선지 브르타뉴로 향하는 길은 르망에서 끊겼다. 가뜩이나 무기력한 도시가 하얗게 타는 여름의 열기에 가루처럼 바스러지고 있었다. 출장 온 세일즈맨들만이 의자로 카펫 없는 식당 바닥을 단호히 긁어댈 뿐이었다. 플라타너스 나무들이 라볼(La Baule)로 가는 길에 도열했다.

43) Saint-Germain-des-Prés: 파리 센 강 좌안의 번화가로 프랑스 문화와 지성의 중심지로 통한다.

44) sauerkraut: 소금에 절여 발효한 양배추, 독일식 김치.

라볼의 왕궁에서는 세련된 규제가 너무 많아 우리가 시끄러운 잡배가 된 기분이었다. 아이들이 파랗고 하얀 해변에서 구릿빛으로 익어가는 동안 바닷물은 그들이 모래에서 파낼 게와 불가사리 들을 남겨 두고 멀리로 물러났다.

1929년

우리는 미국으로 갔고 그때는 호텔을 전전하지 않았다. 다시 유럽으로 돌아왔을 때 첫날밤을 제노아의 태양 가득한 베르톨리니 호텔(Hotel Bertolini)에서 보냈다. 녹색 타일 욕조가 있었고, 시중드는 사람(*valet de chambre*)도 사려 깊었고, 무엇보다 발레 교습을 받을 수 있었다. 청동 침대 틀이 봉 역할을 했다. 계단식 산비탈에서 꽃들이 서로 섞이며 프리즘처럼 오색찬란하게 폭발하는 것을 보는 것도 좋았고, 다시 외국인이 된 느낌도 좋았다.

니스에 당도했을 때 실속을 따져 보리바주 호텔(Hôtel Beau Rivage)로 갔다. 눈부신 지중해를 바라보는 스테인드글라스 창문이 많은 호텔이었다. 봄이었고 프롬나드 데 장글레를 걷기에는 꽤 쌀쌀했는데도, 끈덕지게 여름 템포로 움직이는 사람들로 붐볐다. 강베타 광장(Place Gambetta)에 있는 왕궁을 개조한 건물은 그림을 그려 넣은 창문들이 장관이었다. 해질녘의 거리를 걷노라니, 어리어리한 노을을 통과하며 그윽해진 목소리들이 우리에게 함께 새벽별을 보자고 유혹했다. 하지만 우리는 할 게 많았다. 부둣가 카지노의 값싼 발레 공연에 갔다가, 니스식 샐러드와 아주 특별한 부야베스를 먹으러 거의 비유프랑슈(Villefranche) 마을까지 나갔다.

파리에서도 우리는 돈을 아낄 셈으로 시멘트도 덜 마른 호텔에 들었다. 호텔 이름도 기억나지 않는다. 하지만 탄수화물 범벅인 호텔 정식을 피하려고 매일 저녁 외식을 하느라 돈이 더 들었다. 실비아 비치[45]가 우리를 초대했다. 식탁의 화제는 온통 제임스 조이스를 발굴한 사람들 이야기였다. 우리는 더 좋은 호텔에 있는 지인들도 방문했다. 조이 애킨스[46]는 그림 같은 벽난로들이 좋아 포요[47]에 있었다. 포르루아얄(Port-Royal Hôtel)에 있던 에스더[48]는 우리를 로메인 브룩스[49]의 화실로 데려갔다. 파리 위로 높다랗게 솟은, 유리로 둘러싸인 사각형의 낙원이었다.

45) Sylvia Beach: 파리5구에 자리한 유서 깊은 서점 '셰익스피어 앤드 컴퍼니'의 미국인 창립자. 비치가 1919년 서점을 처음 열었을 때는 파리6구의 오데옹 거리에 있었다. 서점은 제임스 조이스, 헤밍웨이 등 당대 유명 작가들의 사랑을 받았고, 1922년에는 제임스 조이스의 대표작 <율리시스>를 출판하기도 했다.

46) Zoë Akins: 미국인 극작가.

47) 파리 최고의 레스토랑을 자랑하던 포요 호텔(L'Hôtel Foyot)을 말하는 것 같다. 1920년대에 보지라 거리에 있었고, 작가 T. S. 엘리엇과 도로시 파커, 배우 존 배리무어 등 유명 인사들이 애용했다. 포요 호텔은 1937년 구조 결함으로 철거됐다.

48) 역사가이자 사교계 인사인 에스더 머피(1897~1962)로 추정된다.

다시 남쪽으로 향했고, 어느 호텔에 묵느냐를 두고 말다툼하느라 저녁 식사 시간을 허비했다. 본(Beaune)에 어니스트 헤밍웨이가 송어 요리를 맛있게 먹었다는 호텔이 있었다. 우리는 결국 밤새 자지 않고 운전하기로 결정했고, 운하에 면한 마구간 마당에서 배불리 먹었다. 프로방스의 녹색과 백색 빛에 벌써부터 눈이 부셔서 음식이 좋은지 어떤지는 안중에 없었다. 그날 밤 우리는 몸통이 희끄무레한 나무들 아래 차를 세우고, 달과 광활한 남녘을 향해 앞창을 열고 포플러 사이에서 쉬지 않고 바스락대는 향기를 더욱 진하게 들이마셨다.

프레쥐 플라주[50]에 새 호텔이 들어섰다. 선원들이 멱을 감는 해변을 바라보는 황량한 건물이었다. 우리가 여름에 이곳을 제대로 즐긴 최초의 여행객이었다는 추억을 떠올리며 우월감을 느꼈다.

칸의 해수욕 시즌이 끝나고 바위 틈새의 햇문어들도 다 자랐을 때 우리는 다시 파리로 출발했다. 주식시장이 붕괴하던 날 밤[51], 우리는 생라파엘의 보리바주에 있었다. 정확하게는 링 라드너가 1년간 묵었던 방에. 우리는 전에도 수없

49) Romaine Brooks: 1874~1970, 이탈리아 태생 미국 국적의 여류 화가. 파리와 카프리에서 활동하며 주로 인물화를 그렸다. 동성애 성향을 과감하게 드러낸 예술가로 유명하다.

50) Fréjus Plage: 남프랑스 지중해 연안 도시 생라파엘에서 멀지 않은 곳.

51) 대공황의 시작 또는 전조가 된 1929년 10월 24일의 뉴욕 월가의 주식 폭락 사태를 말한다.

이 묵었던 그곳으로부터 최대한 빨리 벗어났다. 과거가 아련히 달아나 영원히 추억이라는 화목한 개념으로만 남는 것보다도, 과거와 다시 마주하고 그것이 더는 현재에 적합하지 않다는 걸 아는 일이 더 슬프다.

아를의 쥘 세자르 호텔[52)]에서 우리가 묵었던 방은 한때 예배당이었다. 우리는 물이 고여 썩어 가는 운하를 따라 로마 시대 주택 유적에 갔다. 위풍당당한 기둥들 뒤에는 대장간이 자리 잡았고, 소 몇 마리가 들판에 드문드문 흩어져 금색 꽃들을 뜯어 먹었다.

다시 위로, 위로 향했다. 노을에 물든 하늘이 세벤(Cévennes) 협곡으로 번져 산들을 쩍쩍 쪼개 놓았고, 평평한 산봉우리들에 무시무시한 외로움이 꼬였다. 우리는 차 안에서 밤송이를 으득으득 깠고, 산골 마을에서는 향내 나는 연기가 구불구불 피어올랐다. 여관은 허름했고 마룻바닥은 톱밥으로 덮여 있었지만, 우리가 먹어 본 중 가장 맛있는 꿩 요리와 최고의 소시지가 나왔고, 깃털 침대도 환상적이었다.

비시에 갔다. 목조 야외 음악당 주변 공터에 낙엽이 깔렸다. 오텔 뒤 파크(Hôtel du Parc)의 문들과 메뉴판에 건강을

52) Hôtel Jules César: 17세기에는 가톨릭 카르멜회의 수녀원이었다. 부유층의 휴양지로 유명한 아를은 율리우스 카이사르 치세에는 '갈리아 지방의 로마'로 불렸으며, 지금까지도 고대 로마 시대의 유적이 많이 남아 있다.

위한 권고 사항이 붙어 있었지만, 살롱은 샴페인을 마시는 사람들로 그득했다. 우리는 비시의 아름드리나무들이 좋았고, 이 친절한 도시가 분지에 폭 안겨 있는 모습도 좋았다.

소형 르노 자동차로 달려 투르(Tours)에 닿을 무렵에는 그 옛날 조그만 우리에 갇혔던 발뤼 추기경[53]의 기분을 알 것만 같았다. 오텔 드 뤼니베르(Hôtel de l'Univers)도 답답한 건 마찬가지였다. 우리는 저녁을 먹은 후 체커게임을 하는 사람들과 합창하는 사람들로 붐비는 카페를 하나 발견했다. 이제는 파리로 돌아갈 때가 되었다는 생각이 들었다.

전에 우리가 묵었던 파리의 저렴한 호텔은 그동안 여학교로 바뀐 까닭에 바크 거리(Rue du Bac)에 있는 어느 이름 없는 호텔로 갔다. 화분에 심은 종려나무들이 기진맥진한 공기 속에 시들어가는 곳이었다. 얇은 칸막이 사이로 우리는 그만 우리 이웃들의 사생활과 생리현상을 목격하고 말았다. 밤에 오데옹[54]의 주조 기둥들을 따라 걷다가, 뤽상부르 정원 담장 뒤에서 썩어가는 동상이 마리 드 메디치[55]라는 것을 알게 됐다.

53) Jean Balue: 1421?~1491, 루이 11세의 각료였으나 왕의 정적이었던 부르고뉴 공국 군주 샤를 1세와 내통했다는 반역죄로 투옥되어 1469년에서 1481년까지 옥살이를 했다. 투옥 기간 중 쇠로 만든 짐승 우리에 갇혀 있었다는 설이 있다.
54) Théâtre de l'Odéon: 파리에 있는 프랑스 국립 극장.

1930년

혹독한 겨울이었다. 괴로운 시기를 잊기 위해 우리는 알제[56]로 떠났다. 무어 양식 철창살이 오텔 드 로아시스(L'Hôtel de l'Oasis)를 한데 묶고 있었다. 호텔 바는 사람들이 각자의 기벽을 겨루는 문명의 사각지대였다. 흰색 침대 시트를 두른 거지들이 벽에 기대 있었고, 감초처럼 섞여 있는 식민지 시대 제복들이 카페들에 막나가는 모험활극 분위기를 부여했다. 베르베르인[57]들은 애처롭고 남을 잘 믿는 눈을 지녔지만, 그들이 정말로 믿는 건 운명이다.

부 사다(Bou Saada)에는 호박(琥珀) 향기가 사막 족의 치렁치렁한 망토 자락에 실려 거리들로 퍼졌다. 우리는 달이 모래 둔덕들에 발부리를 채여 창백한 빛을 쏟는 것을 바라보았고, 아는 사제 중에 기도만으로 열차를 철도에서 탈선시키는 능력자가 있다는 가이드의 말도 믿었다. 알제리 무희들은 진한 갈색 피부와 뚜렷한 이목구비를 자랑했지만, 비인격적 존재로 보였다. 그들은 야만적 정절 관념이 멀리

55) <에스콰이어>에 실린 글에는 카트린 드 메디치(1519~1589, 프랑스 앙리 2세의 왕비)로 되어 있다. 이는 젤다가 마리 드 메디치(1575~1642, 프랑스 앙리 4세의 두 번째 왕비)로 맞게 쓴 것을 후에 스콧이 틀리게 수정한 것이다. 뤽상부르 궁전 자체가 1615년에 마리 드 메디치를 위해 지은 것이며, 그 정원에 카트린 드 메디치의 동상은 없다.

56) Algiers: 북아프리카 알제리의 수도.

57) Berbers: 알제리와 리비아 북부의 산악지대에 사는 백인 무슬림 종족.

언덕에 숨어서 부는 가락에 맞춰 금붙이를 쟁그랑거리며 춤을 추었고, 의례 같은 춤을 통해 스스로를 섹스 도구로 바꾸고 있었다.

비스크라(Biskra)의 세상은 조각조각 부서져 내렸다. 거리들은 뜨거운 백색 용암 줄기처럼 도시를 이리저리 흘러 다녔다. 아랍인들이 가스 화구가 뿜는 불꽃 아래서 누가 사탕과 독한 분홍색 케이크를 팔았다. <사막의 화원The Garden of Allah>과 <족장The Sheik>[58]이 나온 이래 이 도시는 여자들의 좌절감으로 가득 찼다. 우리는 돌을 깐 가파른 골목길을 걸으며 푸줏간 점포들에 적나라하게 내걸린 양의 사체들을 볼 때마다 움찔 놀랐다.

우리는 엘 칸타라(El Kantara)에서 등나무 덩굴이 수염처럼 되는 대로 퍼져 있는 한 여관에 묵었다. 자주색 땅거미가 협곡 깊은 곳에서 김처럼 올라왔고, 우리는 걸어서 한 화가의 집으로 갔다. 그 외딴 산골에서 화가는 메소니에[59]의 모작들을 그리고 있었다.

다음은 스위스였고, 그곳은 전혀 다른 삶이었다. 글리옹(Glion)에 도착했다. 그랑 오텔 정원에 봄이 만개했고, 산 공

58) 두 작품 모두 잘생기고 용감한 남자가 주인공으로 등장하는 로맨스물이다. 당시에 엄청난 인기를 끌었고 영화화되었다.

59) Jean Louis Ernest Meissonier: 1815~1891, 군대를 소재로 역사적인 장면을 많이 그린 프랑스의 풍속화가. 발자크와 졸라 같은 문호들로부터 벼락부자들의 밋밋한 취향을 대표한다는 비판을 받았다.

기 속에 파노라마 세상이 반짝였다. 바위틈의 가녀린 꽃들이 해를 받아 데친 것처럼 축 늘어졌고, 저 아래에서는 제네바 호수가 번득였다.

로잔 팔라스[60]의 발코니 난간 너머에서 범선들이 산들바람 속에 새들처럼 자태를 뽐낸다. 버드나무는 테라스의 자갈 바닥에 레이스 문양을 떠 놓았다. 여기 사람들은 생사를 떠나온 세련된 도피자들이다. 이들은 아늑하게 깊은 발코니에서 토라진 동작으로 찻잔을 달그락댄다. 그리고 화단과 노랑꽃등나무가 있는 스위스 호텔들과 도시들의 이름을 늘어놓는다. 심지어 가로등조차 버베나 꽃을 왕관처럼 썼다.

1931년

로잔의 오텔 드 라 페[61]에서는 남자들이 레스토랑에서 한가로이 체커를 두었다. 미국 신문들에 대공황이 살벌하게 대서특필되고 있어서 귀국해야 하지 않나 싶었다.

하지만 우리는 프랑스 안시(Annecy)로 가서 여름 두 주를 보냈고, 끝에 가서는 다시는 안시에 가지 말자는 말이 나왔다. 거기서 보낸 시간이 너무나 완벽해서 다시는 영영 이

60) Le Lausanne Palace: 스위스 로잔에 있는 럭셔리 호텔. 제네바 호수 풍경을 즐길 수 있다.

61) L'Hôtel de la Paix: 스위스 제네바의 럭셔리 호텔. 몽블랑 산이 바라다 보인다.

번처럼 좋을 수 없다는 것이 이유였다. 애초에 우리는 보리바주를 거처로 정했다. 덩굴장미로 뒤덮인 호텔이었고, 우리 방 창문은 하늘과 호수 사이에 있었고, 창 아래에는 다이빙대가 있었다. 하지만 뗏목 위에 사는 거대한 파리들 때문에 호수를 건너 망통(Menthon)으로 이동했다. 거기서는 호수가 더 녹색이었고, 그늘이 길고 시원했고, 들쑥날쑥 자란 정원들이 층진 벼랑을 타고 오텔 팔라스(Hôtel Palace)로 이어졌다. 우리는 햇빛 쨍쨍한 클레이코트에서 테니스를 쳤고, 낮은 벽돌 담장에서 시험 삼아 낚싯대도 드리웠다. 여름의 열기 때문에 화이트파인 목재 목욕탕에 송진이 끓었다. 밤에 일본식 등을 휘황하게 밝힌 카페를 향해 걸을 때 백구두가 축축한 어둠 속에서 라듐처럼 빛났다. 우리가 아직 여름 호텔들과 유행가 철학을 믿던 시절, 그 좋았던 시절 느낌이 났다. 다른 날 밤에는 비엔나 왈츠를 추며 바닥을 마냥 미끄러져 다녔다.

해발 천 야드에 위치한 코 팔라스[62]에서는 울퉁불퉁한 파빌리온 마룻바닥에서 티 댄스[63]를 가졌고, 토스트를 산꿀에 듬뿍 찍어 먹었다.

뮌헨을 통과할 때 마침 레지나팔라스트 호텔(Das Regina-

62) Le Caux Palace Hotel: 스위스 코(Caux)에 있었던 럭셔리 호텔로 러디어드 키플링을 비롯한 유명 작가들의 사랑을 받았으나 1930년대에 경영난을 이기지 못하고 1939년에 문을 닫았다.

63) tea dance: 오후에 모여서 차와 다과를 나누고 춤을 추던 사교 행사.

Palast Hotel)이 텅 비어 있었다. 호텔은 우리에게 옛날 왕족 행차 때 왕자들이 쓰던 스위트룸을 내주었다. 어두컴컴한 거리를 어슬렁대는 독일 젊은이들은 왠지 불길한 인상을 풍겼다. 비어가든[64]에 흐르는 왈츠 아래에서는 전쟁과 불경기 이야기들이 오갔다. 손튼 와일더[65]가 우리를 유명한 레스토랑으로 데려갔는데, 거기 맥주는 은제 머그잔에 나올 만한 자격이 있었다. 우리는 잃어버린 이상의 빛나는 증인들을 보러 갔다. 우리의 목소리가 천문관 안에 메아리쳤고, 우리는 천하만사의 깊고 푸르고 장대한 공연 속에 방향을 잃었다.

빈에서 최고 호텔은 브리스톨 호텔(Hotel Bristol Wien)이었다. 호텔은 우리를 반갑게 맞았다. 왜냐, 그곳도 텅 비어 있었기 때문에. 우리 방 창문에서 비애에 잠긴 느릅나무들 너머로 진부한 바로크 양식 오페라하우스가 내다보였다. 자허 부인의 호텔[66]에서 저녁을 먹었는데, 벽을 두른 오크 패널 위로 프란츠 요제프 1세[67]가 오래 전에 마차를 타고 어딘지 보다 행복한 곳으로 가는 그림이 걸려 있었고, 가죽 가리개 뒤편에서 로스차일드 가문[68] 사람 한 명이 저녁을 들고

64) beer garden: 야외에 수백, 수천 명을 수용할 만큼 많은 테이블을 설치하고 맥주와 음식을 파는 형태의 술집. 독일, 특히 뮌헨이 속한 바이에른 지역의 맥주 문화를 대표한다. 독어로 비어 가르텐(Bier Garten)이라고 한다.

65) Thornton Wilder: 1897~1975, 미국의 소설가 겸 극작가. 퓰리처상을 세 번 수상한 유일한 작가다. 1926년 스콧의 모교인 프린스턴에서 석사학위를 받았다.

있었다. 도시는 이미 가난했고, 아니 여전히 그랬고, 우리 주위의 얼굴들은 고단해 보이고 방어적이었다.

우리는 제네바 호숫가의 브베 팔라스(Vevey Palace)에 며칠 묵었다. 호텔 정원에는 우리가 본 중 가장 높은 나무들이 자랐고, 호수 수면 위로 거대한 새들이 각자 훨훨 날개를 쳤다. 저 아래 흉겹고 작은 해변에는 현대식 바가 있었다. 우리는 거기 모래밭에 앉아 위장 장애를 논했다.

자동차에 올라 다시 파리로 향했다. 우리의 6마력 르노에 오종종하게 앉아서. 디종에서 유명하다는 오텔 드 라 클로슈(L'Hôtel de la Cloche)에 괜찮다는 방을 잡았는데 욕실은 복잡한 기계공학 아수라장을 방불케 했고, 직원은 그것을 자랑스럽게 미국식 배관으로 지칭했다.

파리에서 마지막으로 우리는 오텔 마제스틱(Hôtel Majestic)의 빛바랜 장엄함 속을 거처로 정했다. 엑스포[69] 구

66) Hotel Sacher: 피츠제럴드 부부가 브리스톨 호텔에 이어 빈에서 묵은 호텔. 1892년 창립자가 작고한 뒤 그 부인인 안나 자허(1859~1930)가 운영하고 있었다. 자허 부인은 개를 안고 입에 시가를 문 모습으로 유명하다.

67) Franz Joseph: 1830~1916, 오스트리아 황제이자 헝가리 국왕. 러시아를 끌어들여 헝가리 혁명을 유혈 진압하고 오스트리아-헝가리 이중국가체제를 수립했다. 68년간 장기집권한 그는 말년에 세르비아에 전쟁을 선포해 1차 세계대전을 촉발시켰다. 그의 죽음 이후 제국은 해체되었고 영토가 8분의 1로 줄어든 오스트리아는 전범국이 되어 급격히 쇠락했다.

68) The Rothschilds: 국제 금융을 쥐락펴락하는 유대계 금융 재벌 가문. 나폴레옹 전쟁 이후부터 공채 발행으로 유럽국들의 식민지 침탈과 서로 간의 전쟁에 필요한 자금을 제공하면서 엄청난 부와 영향력을 쌓았다.

69) 1931년 파리 국제 식민지 박람회를 말한다.

경을 갔다가 발리 섬을 그대로 옮겨다 놓은 듯한 휘황한 전시에 넋을 잃었다. 먼 바다 외딴 섬들의 고적한 논 풍경은 노동과 죽음에 관한 만고불변의 이야기를 들려주었다. 수많은 문명들의 수많은 복제품들을 동시에 나란히 늘어놓은 광경은 혼란스럽고 우울했다.

미국으로 돌아와 숙박료가 싸다는 광고를 보고 뉴요커(New Yorker)에 들었다. 급히 돌아가는 뉴욕에서는 어딜 가나 정적이 씨가 말랐다. 일시적이나마 그곳이 있을 수 없는 세상으로 여겨졌다. 푸른 어스름 속에 빛나는 지붕들로도 역부족이었다.

앨라배마의 거리는 나른하고 한적했고, 퍼레이드 속 증기 오르간은 우리가 젊었을 적의 곡조들을 헉헉대며 이어갔다. 가족 중에 병자가 있다 보니[70] 집은 간호사들로 가득해서 우리는 제퍼슨 데이비스(Jefferson Davis)에 방을 잡았다. 공들여 지은 대형 신축 호텔이었다. 상업지구의 오래된 건물들이 드디어 헐리고 있었다. 삼나무가 늘어선 변두리 도로를 따라 신축 방갈로들이 죽 들어섰다. 해묵은 철제 사슴 아래에 분꽃이 만발했고, 측백나무가 벽돌담과 티격태격

70) 피츠제럴드 부부는 1931년 유럽에서 돌아와 젤다의 고향이자 친정인 앨라배마 주 몽고메리로 살러 갔다. 1월에 스콧의 아버지 에드워드 피츠제럴드가 사망했고, 당시 병중이었던 젤다의 아버지 세이어 판사도 같은 해 11월에 세상을 떴다. 세이어 판사의 임종 당시 스콧은 시나리오 작업 차 할리우드에 있었고, 젤다만 몽고메리에 남아 있었다.

하는 사이에 밑에서는 극성맞은 잡초들이 보도를 들어 엎었다. 남북전쟁 이후 이곳에는 아무것도 일어나지 않았다. 이 호텔이 애초에 왜 지어졌는지 기억하는 사람은 아무도 없었고, 직원은 우리에게 하루 9달러에 방 세 개와 욕실 네 개를 제공했다. 우리는 방 중 하나를 거실로 삼아 호출 대기 중인 벨보이들이 잠을 청할 장소로 제공했다.

1932년

우리는 빌록시[71]의 가장 큰 호텔에서 창세기를 읽었고, 바다가 검정 잔가지들을 실어와 인적 끊긴 해안에 너는 것을 바라보았다.

우리는 플로리다로 갔다. 음산한 습지는 더 나은 삶을 명하는 성서적 견책으로 간간히 끊겨 있을 뿐이었다. 버려진 고깃배들이 햇살 속에 분해되고 있었다. 패사그릴 해변의 돈 세자르 호텔[72]은 그루터기 투성이 황야 위로 느긋하게 뻗어나가다가 멕시코 만의 눈부신 햇살에 형태를 내주고 말았다. 해변의 유백색 조개껍데기들이 석양을 그릇처럼 담았고, 떠돌이 개가 대양 자유 항로에 대한 권리를 주장하듯 젖

71) Biloxi: 미시시피 주 동남부, 멕시코 만에 면한 도시. 휴양지로 유명하다.
72) The Don Cesar Hotel: 플로리다 세인트피트 해안가 섬에 위치한 호텔 리조트. 패사그릴(Pass-a-Grille)은 근처에 있는 해변의 이름이다.

은 모래에 발자국을 찍어 놓았다. 우리는 밤에는 산책하며 피타고라스 정리를 논했고, 낮에는 낚시를 했다. 심해농어와 방어가 너무 쉽게 잡혀서 재미도 없고 물고기들만 불쌍할 따름이었다. 우리는 <테베와 대적한 일곱 장수>를 읽으며 외진 해변에서 볕에 몸을 태웠다. 호텔은 거의 비어 있었고, 퇴근을 기다리는 웨이터가 너무 많아서 우리는 먹다가 체할 지경이었다.

1933년

앨곤퀸 호텔[73)]의 객실은 뉴욕의 금빛 돔들 한가운데 높이 떠 있었다. 종소리가 시간을 알렸지만 빌딩 협곡의 그늘진 거리에는 시간이 흐르지 않았다. 방이 심하게 더웠지만 카펫은 폭신했다. 방은 문밖의 어두운 복도와 창밖의 건물 파사드에 의해 고립되어 있었다. 우리는 극장에 다니느라 외출 준비에 시간을 많이 썼다. 조지아 오키프[74)]의 그림을 보았다. 추상이라는 무언의 웅변에 너무나 적절히 담긴 장엄한

73) The Algonquin Hotel: 1920년대의 대표적 '문인 호텔'로 명성을 날렸다. 특히 유명 작가, 에디터, 배우 등으로 구성된 30여 명의 멤버가 정기적으로 식사하는 모임인 '앨곤퀸 라운드테이블'이 유명했다.

74) Georgia O'Keeffe: 1887~1986, 미국의 화가. 자연 사물을 대상으로 환상적인 작풍을 선보였다. 피츠제럴드 부부는 1929년 말 매디슨 애비뉴에 개장한 화랑 아메리칸 플레이스(An American Place)에서 오키프의 그림을 보았을 가능성이 높다.

열망에 마음을 잃었다. 깊은 감정적 경험이었다.

우리는 오래전부터 버뮤다에 가보고 싶었다. 드디어 갔다. 엘보 비치 호텔(The Elbow Beach Hotel)은 신혼부부들로 가득했다. 다들 서로를 보는 눈에 어찌나 끝없이 불꽃이 튀던지, 우리는 냉소를 머금고 호텔을 옮겼다. 세인트 조지 호텔(St. George's Hotel)은 괜찮았다. 부겐빌레아 덩굴이 나무 몸통을 따라 폭포처럼 쏟아지고, 계단들이 민가 창문들 너머에서 일어나는 미스터리들을 지나 길게 이어졌다. 고양이들이 난간에서 잠을 잤고, 귀여운 아이들이 자랐다. 우리는 바람이 몰아치는 둑길을 따라 자전거를 몰았고, 해변냉이 덤불 사이에서 몸을 긁는 수탉과 그런 류의 현상들을 꿈꾸듯 몽롱하게 바라보았다. 광장에 묶어 놓은 말들의 앙상한 잔등을 내려다보며 베란다에서 셰리주를 마셨다. 그동안 여행을 많이도 했다는 생각이 들었다. 아마도 이 여행을 마지막으로 오랫동안 쉴 것 같았다. 버뮤다는 다년간의 여행을 마무리하기에 좋은 곳이었다.

경매—1934년형

AUCTION—MODEL 1934

◊

1934년 7월

물론 우리는 친구들에게 어떻게 생각하는지 물었고, 그들은 완벽한 집이라고 했다. 그렇지만 캘리포니아산 적포도주도 그들의 입에서 '나였어도 들어가 살았을 집'이라는 말까지는 끌어내지 못했다. 애초 우리 생각은 거기서 침대 시트가 갈기갈기 해질 때까지, 침대 스프링이 망가진 손목시계의 내부처럼 변할 때까지 사는 거였다. 더는 짐을 쌀 필요가 없게. 그랬으면 우리가 시간의 습속에서 진작 해방됐을 것을. 이제는 다시 여행을 해도 여행가방만 들고 떠날 수 있고, 세간을 맡기고 창고료로 골치를 앓을 일도 없다. 그래서 우리는 여기저기 흩어져 있던 물건들을 한데 모았다. 지난 15년간 사들인 것들 중 남은 것 모두. 5년 전 칸의 아메리칸 익스프레스 호텔(American Express Hotel)에 두고 온 빛바랜 비치파라솔은 제외. 이번 일은, 좋아하는 것만 추려 다시 주위를 꾸미면 혹시나 우리가 새 집을 좋아하게 되어서 더는 이사 다닐 생각을 하지 않고 그저 등나무 덩굴 뒤에 앉아 철쭉

이 6월, 7월, 8월의 열기에 눌려 산산이 해체되는 것과 언덕 위 말채나무들의 팡파르를 감상할 수 있지 않을까, 하는 무척이나 고무적인 발상에서 비롯됐다.

그리하여 우리는 포장상자들을 열었다.

품목 1. 첫 번째 상자는 길쭉하고 거대해요. 모양만 보면 딱 대형 가족 초상화가 들어 있을 것 같지만 실은 집에서 발레 연습용으로 쓰려고 오래 전에 구입한 거울이에요. 한때 매음굴의 벽을 장식했던 거울이지요. 자, 입찰자 있나요? 없군요! 그럼 이건 다락 구석방으로 옮겨줘요.

품목 2. 이번에는 같은 모양의 작은 상자예요. 우리를 찍은 사진 50점, 여러 화가들이 우리를 그린 그림들, 우리가 살았던 집들과 우리 이모삼촌들과 그들이 태어나고 죽은 곳들의 사진들이 들어 있죠. 이 사진들에 골프치고, 수영하고, 남의 동물과 포즈 취하고, 빌린 서핑보드로 더 젊었던 여름의 물보라를 막는 우리의 모습이 담겨 있어요. 예전에는 친했지만 지금은 이름을 잊은 친구들의 인상적인 사진들도 많아요. 그때는 우리에게 이 얼굴들이 너무나 소중했고, 지금은 그 시절이 너무나 소중해요. 우리가 어쩌다 과장된 얼굴의 매 머레이[1] 사진을 그렇게 탐내게 됐는지는 지금도 알 수 없지만요. 그해 여름 파리였을 거예요. 아이들이 파리 식물원

1) Mae Murray: 1885-1965, 미국 무성영화 시대 여배우이자 댄서.

의 통로로 여름 해를 굴리며 놀던 날, 그날 늦은 오후에 졸라서 얻은 사진일 거예요. 그리고 파스킨[2]을 찍은 사진 한 장. 그와 함께 자갈로 모양을 낸 탁자에 앉아서 우아한 숙녀들이 롱푸앙[3]을 돌며 페키니즈의 생리 작용을 수발드는 모습을 지켜보았죠. 그때 이미 비운에 둘러싸이고 파멸에 쫓기고 있던 파스킨은 무심한 태도로 일관했지만 그 안에도 그만의 침울한 매력이 있었어요. 펄 화이트[4]의 사진도 한 장 있어요. 그녀가 파리의 밤을 무더기로 사들이던 시절의 어느 봄날 우리에게 준 거랍니다. 입찰자 있나요? 없어요? 에시, 이것도 다락 구석방으로 가져가요.

품목 3. 작은 포르노 조각상. 12년 전 피렌체에서 정말 어렵게 구한 거예요. "Une statue sale(조각상 팔아요)." 아뇨, 프랑스어로 *sale(더러운)*이 아니라 영어로 sale(판매)이요. 조금 깨지긴 했어요. 입찰자 있나요? 좋아요, 에시, 올라가는 김에 이것도 같이 가져가요. 이걸 손에 넣겠다고 온갖 음탕한 손짓발짓을 다 했는데 정말 애석하네요.

품목 4. 각각 셰익스피어와 갈릴레오의 청동 흉상. 가족들은 이것들이 우리를 한 집에 영원히 붙들어 앉힐 거라 기

2) Jules Pascin: 1885~1930, 불가리아에서 태어나 파리에서 활동한 미국 국적의 화가로, 45세에 알코올 중독과 자살로 생을 마감했다.

3) Rond Point: 파리 개선문 근처 롱샹 거리에 있는 V자 모양의 호텔.

4) Pearl White: 1889~1938, 무성영화 시대의 배우. 영화 시리즈 <위험에 처한 폴린The Perils of Pauline>(1914)의 주인공.

대했죠. 벽난로에 잠깐 사용해 봤는데 장작 받침쇠로 쓰기에는 별로예요. 입찰자 있나요? 좋아요, 에시.

품목 5. 배럴 통 하나. 옛날 호황 때는 이걸 채우려면 천 달러는 들었어요. 이 빠진 도자기 다기 세트. 베네치아에 간 보람이 있었던 물건이죠. 깃털처럼 나부끼는 플라타너스 그늘 아래 북적북적 시장이 벌어졌는데 거기서 뭐라도 사지 않으면 섭섭하겠더라고요. 딱히 무얼 마셔야 할지도 모르겠고, 해에 하얗게 사로잡힌 시골은 뜨거웠고, 산비탈에서는 재스민 향기에 섞여 도로에서 일하는 인부들의 더운 땀 냄새가 풍겼어요.

프랑스 알프마리팀[5] 생폴(Saint-Paul)의 카페에서 슬쩍해 온 자동차 모양 유리 소금통과 후추통. 마침 이사도라 던컨[6]이 옆 테이블에서 생애 마지막 파티 중 하나를 열고 있었던 까닭에 아무도 보는 사람이 없었죠. 그때 그녀는 너무 늙고 비대해져 있었고, 사람들이 그녀의 인생론과 예술론에 동조하든 말든 신경 쓰지 않았고, 그저 미지근한 샴페인으로 세상의 망각을 위해 씩씩하게 건배할 따름이었죠. 마을

5) Alpes-Maritimes: 이탈리아와 접경한 프랑스 남동부의 주. 주도는 니스다. 니스 서쪽에 있는 요새도시 생폴은 1920년대에 모딜리아니 같은 예술가들의 사랑을 받았다.

6) Isadora Duncan: 1877~1927, 미국의 무용가. 타이츠를 신지 않고 맨발로 무대에 오른 최초의 여성 댄서이며, 창작 무용을 예술로 끌어올린 현대무용의 원조다. 더없이 극적인 삶을 살다 1927년 프랑스 니스에서 드라이브 도중 그녀의 스카프가 자동차 뒷바퀴에 감기는 사고로 세상을 떠났다.

개들이 기진맥진한 8월의 하얀 초승달을 향해 짖었고, 길고 짙은 그림자들이 가파른 생폴의 거리 계단들을 따라 아코디언처럼 접혀 있었어요. 우리는 거기 방명록에 서명했어요.

재떨이 52개. 모두 단순한 모양이에요. 돈도 없이 집만 꾸미는 허세를 조심하라는 허거스하이머의 경고에 따른 것이랍니다. 칵테일 잔 세트. 잔의 수탉 그림은 옆이 좀 벗겨졌어요. 칼 반 벡텐[7]이 이것들과 함께 쓰라고 칵테일 셰이커를 들고 왔는데, 그의 도착을 예고한 편지를 뜯어본 사람이 아무도 없었지 뭐예요. 방이 하도 많아서 편지를 어디다 뒀는지도 알 수 없었어요. 방이 스무 개였나 스물한 개였나 그랬으니까요. 놀이공원에서 상품으로 얻은 요상한 화병 두 개. 그때 점쟁이가 우리 집까지 따라와서 술을 퍼마시더니 맨션의 악령을 쫓는다며 바첼 린지[8]의 4행시 하나를 반복해서 읊어대더군요. 도자기, 도자기, 도자기. 4인 세트, 5인 세트, 9인 세트, 13인 세트. 입찰하실 분? 다행이에요! 에시, 부엌으로 부탁해요.

품목 6. 카멜 마이어스[9]가 기증한 격자무늬 숄. 테이블보로 오래 썼고, 철 지난 코트 주머니에서 나온 동전을 모아두는 도자기 돼지와 도자기 개를 싸는 보자기로도 오래 써서

7) Carl Van Vechten: 1880~1964, 미국의 소설가이자 사진작가. 피츠제럴드 부부가 윌밍턴의 엘러슬리에 살 때 친하게 지냈다.

8) Vachel Lindsay: 1879~1931, 미국의 시인. 웅변처럼 읊을 수 있는 운율감 있는 시를 썼다.

조금 낡기는 했어요. 한때는 빈에서 제작한 아름다운 숄이었고, 카멜이 로마에서 진짜 경기장보다도 크고 웅장한 종이반죽 세트에서 <벤허>를 찍을 때의 추억이 고스란히 묻어 있는 물건이랍니다. 징도 하나 있네요. 무엇에 쓰는 물건인지 왜 샀는지는 전혀 기억나지 않아요. 징을 치는 채는 없어졌어요. 하지만 중국 탑처럼 생겨서 멀리 여행 다닌 인상을 풍기죠. 식민지 시대풍 놋쇠 촛대들. 기우뚱대기는 해도 가지에 작은 종들이 달려 있어서, 손에 들고 베아트릭스 에스몬드[10]나 레이디 맥베스처럼 비틀비틀 걸으면 딸랑딸랑 소리가 나요. 어느 고고학자에게 산 남근 상징 두 개. 베르됭[11]의 참호에서 나온 독일군 철모 하나. 체스 세트 하나. 우리가 각자의 정신적 문제[12]로 싸움을 일삼기 전에는 매일 저녁 이걸로 체스를 두었죠. 브베[13]에서 구한 도자기 사제 상 두 개. 이 조각상은 스프링으로 이어져 있어서 포도주 병이나 음식 광주리 위에 두면 머리를 음탕하게 흔든답니다. 담장 꼭대

9) Carmel Myers: 1899~1980, 미국 무성영화 시대 배우. 아이라스 역으로 출연한 영화 <벤허>를 로마에서 촬영할 때인 1924년 피츠제럴드 부부와 만났으며, 1927년에도 할리우드에서 부부와 친분을 나눴다

10) Beatrix Esmond: 영국 작가 윌리엄 새커리(1811~1863)의 역사 소설 <헨리 에스몬드>(1852)의 여주인공.

11) Verdun: 파리 동쪽에 있는 도시로, 1차 세계대전의 격전지.

12) 스콧은 20대에 시작된 음주벽이 악화돼 1920년대 중반부터는 알코올 중독자로 살았고, 젤다는 서른 살 무렵인 1930년에 정신병 진단을 받은 후 여러 정신병원과 요양원에서 치료받았다.

13) Vevey: 레만 호반에 있는 스위스의 소도시.

기에 꽂기 좋게 깨진 유리잔들과 도자기 조각들 몽땅. 좋아요, 에시, 가져가요. 다락에 자리가 많으니까 잘 쌓아 봐요.

품목 7. 옛날 군대 트렁크에서 나온 것들. 좀약이 필요한 데를 알려주는 사람이 어쩜 한 명도 없었어요. 좀은 옛날 군복처럼 대체 불가한 것들에만 골라 슬더군요. 이건 글을 써서 처음 번 돈—멩켄과 네이선의 <스마트 셋>[14]에서 받은 30달러—으로 산 흰색 플란넬 바지예요. <새터데이 이브닝 포스트>[15]에 처음 단편을 내고 받은 돈으로 산 파란색 깃털 부채에도 좀벌레가 만찬을 벌였어요. 이 부채는 약혼 선물이었죠. 남부 아가씨가 처음 받은 난초 코르사주와 함께요. 부채의 잔해는 경매 대상이 아니랍니다. 자, 에시.

품목 8. 딸아이의 첫 고무 인형. 앞뒤가 들러붙었고, 손주를 위해 남겨 두기에는 너무 끈적거려요. 젖니로 깨무는 구슬 목걸이는 상태가 좋아요. 한 번도 사용하지 않았거든요. 입찰자, 있나요? *제발요!*

품목 9. 스키 바지. 파산한 여행자에게 스위스 쥐라 산맥 꼭대기의 시퍼렇게 눈 쌓인 슬로프를 떠오르게 하는 데는 이만한 물건이 없죠. 꽃무늬 벨벳 조끼 차림의 목동들이 내

14) The Smart Set: 문예평론가 헨리 멩켄과 연극평론가 조지 네이선(1882~1958)이 편집을 맡았던 문예지.

15) Saturday Evening Post: 미국의 전통 있는 대중지. 고료가 높았던 <새터데이 이브닝 포스트>, <에스콰이어>, <메트로폴리탄> 같은 대중지에 단편을 게재하는 것이 당시 작가들의 주요한 돈벌이였다.

오는 어마어마한 치즈 쟁반, 눈 덮인 산장들 위를 감돌던 종소리와 커피 향, 요들송, 기다란 뿔 나팔로 불던 구슬픈 내림음들, 외딴 통나무집 처마에서 받아 마시던 녹은 눈. 이 모든 것이 이 스키 바지의 주머니에 깊이 간직되어 있지요. 벌겋게 성난 겨울 여명 속 후줄근한 열차들과, 스키 무더기와 피터스 초콜릿(Peter's Chocolate) 포장지로 어질러진 객실의 추억은 덤이에요. 입찰자 있나요? 어이, 에시!

품목 10. 남자 면 수영복. 칸의 선원 숙박소에서 샀어요. 지중해의 밝은 열기로 가득하죠. 먼지떨이 걸레로 제격이지만 미국 해변에는 어울리지 않아요. 현재는 총기를 싸두는 용도로 써요. 죽어라 노려보면 발사되는 22구경 총 하나, '세븐 파인스'[16]라는 글자와 어느 삼촌의 이름과 수상쩍은 눈금들이 새겨져 있는 기병대 카빈총 하나, 옛날 32구경 총 하나, 38구경 경찰 총 하나. 우리는 대체로 총기는 간직하는 편이고, 구식 기관총도 싸게 하나 구하고 싶어요. 이것들 후딱 치워줘요.

품목 11. 잡동사니로 가득한 또 하나의 배럴 통. 설탕 그릇들, 감쪽같이 사라졌던 겨자 포트들, 처음에는 꽤 멋졌을 병뚜껑들. 색들이 너무 예쁘죠? 이것 좀 보세요, 장미를 가득 빚어 붙인 뚜껑이에요. 장미 잎을 담아두는 그릇의 뚜껑이

16) Seven Pines: 남북 전쟁 중이었던 1862년 버지니아 주 헨리코 카운티의 페어오크스 역에서 벌어진 대규모 전투.

죠. 장미 잎을 담는 그릇이라니 멋지지 않아요? 우리의 제1호 결혼선물이었던 티파니 초콜릿 세트에서 나온 앙증맞은 항아리 뚜껑도 있어요. 그 초콜릿 세트가 허니문 내내 빌트모어 스위트룸 화장대 위에, 시든 참나리 옆에 있었죠. 비 내리는 오후마다 우리는 벽돌에 몸을 기대고 <나이트 보트>[17]의 애수어린 선율이 호텔의 이 벽 저 벽을 스쳐가며 흐느껴우는 것을 들었어요. 자, 입찰자 계세요? 어떠세요, 여기 신사분—? 좋아요, 에시, 쓰레기 더미로.

품목 12. 진품 파투[18] 정장. 결혼식을 올리고 처음 산 옷이었죠. 역시나 좀벌레가 스커트 엉덩이 부분을 비대칭적으로 갉아먹었군요. 한 번도 쓰지 않은 물건은 버리지 않는다는 우리의 원칙에 따라 15년을 트렁크 안에서 묵은 결과죠. 이게 마침내 못 쓰게 된 걸 보니 얼마나 마음이 놓이는지 몰라요. 이 옷을 사던 날이 기억나요. 뉴욕 5번가에 햇살이 잔잔히 물결치던 날이었는데, 물건 값을 스콧 피츠제럴드 앞으로 달아놓는 게 영 생소하더라고요. 그때 유행이 저스틴 존슨[19]처럼 보이는 거였는데 지금 생각해도 멋진 스타일이었어요.

17) The Night Boat: 1920년 2월 뉴욕 리버티 극장에서 초연된 뮤지컬.

18) Jean Patou: 1888~1936, 프랑스의 의상 디자이너. 기성복 디자인의 선구로 불리며, 1차 세계대전 이후 10년 동안 샤넬에 필적하는 전성기를 누렸다. 화려한 색채와 기하학적 디자인으로 특히 미국 시장에서 인기를 얻어 1920년대 플래퍼 패션의 대명사로 통했다.

19) Justine Johnson: 1895~1982, 플로렌츠 지그펠트의 '오리지널 폴리스 걸' 출신 뮤지컬 코미디 스타이자 무성영화 배우.

내가 앨라배마에서 올라온 지 이틀째 됐을 때였죠. 우리는 상점을 나와 플라자 그릴(Plaza Grill)로 차를 마시러 갔어요. 콘스탄스 베넷[20]은 그때 아직 어린 플래퍼였는데도 머리를 대롱거리며 추는 새로운 댄스 방식을 선보였죠. 연극 <엔터 마담>[21]을 보러 갔을 때였어요. 우리가 앞줄에 앉아서 연극 내내 엉뚱한 부분에서 감탄하며 웃고, 우리끼리 농지거리하며 왁자하게 웃는 통에 배우들이 뿔이 났어요. 한밤에는 옥상에 올라가서 지그펠트의 호박단 피라미드[22]를 구경했어요. 학생 차림으로 쇼에 난입한 남자가 하도 실감나게 쫓겨나는 바람에 우리는 그 사람이 배우가 아니라 진짜인 줄 알았다니까요. 어쨌든 좀벌레야, 고맙다. 에시, 이거 어디 쓸 데 있을까?

옆에 있는 흰색 스웨터는 앞판은 기운 자국들로 잔뜩 울었고, 뒤판은 해진 곳들을 끌어다 맞추느라 온통 늘어났지만, 그래도 도저히 없앨 수가 없어요. 밤에 난방이 꺼지고 집이 냉골이 될 때 책 세 권을 쓰면서 입었던 거거든요. 단편 65편이 이 늘어진 그물 같은 옷을 비집고 나왔죠. 참 오랫동안

20) Constance Bennett: 1904~1965, 미국의 유명 쇼비즈니스 가문 출신의 배우로 1930년대에 패션 아이콘으로 군림했다.

21) Enter Madame: 1920년 8월 뉴욕 개릭 시어터에서 초연해 700회 공연한 연극.

22) 당대 거물 프로듀서 플로렌츠 지그펠트가 제작한 뮤지컬 <미드나잇 프롤릭>(1921)에 등장하는 플로어 쇼를 말한다. 춤 끝에 비단과 호박단 의상을 입은 코러스 걸들이 피라미드 모양으로 정렬했기 때문에 이런 명칭이 생겼다.

이 옷을 빨아대는 게 일이었죠. 영국에서 산 엄청 두꺼운 울 양말도 마찬가지예요. 아예 한 켤레 더 떠서 여기에 붙일까, 진지하게 고민한 적이 여러 번이에요. 이것들은 차마 보낼 수가 없군요. 어느 늦은 오후 런던 본드 스트리트의 디킨스 이마처럼 생긴 가게에서 이 양말을 사던 때가 지금도 기억나요. 그때 매켄지의 <불길한 거리>에 등장하는 하프 문 크레센트[23]를 찾느라 시간을 너무 잡아먹은 탓에 서둘러야 했어요. 템스 강 위의 석양이 보라색과 터너색[24]으로 변해 가는데, 이 양말 때문에 골즈워디[25]와의 저녁 식사 자리에 늦고 말았지 뭐예요. 이 양말로 말하자면, 랜돌프 처칠 경 부인의 런던 자택 쪽모이 마루 위를 걸었고, 어느 슬픈 사보이 호텔[26]에서 귀가하는 것을 잊은 남자들 탓에 스물한 살에 과부된 여자들의 질투를 받으며 왈츠를 추었던 양말이에요. 이런 울은 거울을 닦는 데 안성맞춤이지만—그렇게 간단히 생각할 문제는 아니죠. 비매품으로 할래요. 일어나요, 에시!

23) Half Moon Crescent: 매켄지의 <불길한 거리>에 '하프 문'이라는 이름의 술집이 등장한다. 크레센트는 건물이 초승달 모양으로 둥글게 늘어선 거리를 말한다.

24) 영국의 풍경화가 윌리엄 터너(1775~1851)의 작품 특유의 색채. 터너는 대기와 빛에 따라 변하는 분위기를 장려한 색으로 묘사한 화가로 평가받는다.

25) John Galsworthy: 1867~1933, 영국의 극작가이자 소설가. 1932년에 노벨문학상을 받았다. 피츠제럴드 부부는 출판 편집자 맥스웰 퍼킨스의 주선으로 1921년 5월 런던에서 골즈워디와 만남을 가졌다.

26) The Savoy: 런던 스트랜드가의 유서 깊은 호텔로, 이곳의 레스토랑 사보이 그릴은 런던을 방문하는 미국인들에게 인기가 높았고, 헤밍웨이와 음악가 조지 거쉰을 비롯해 많은 명사들이 드나들었다.

품목 13. 스크랩북 12권. 우리가 얼마나 근사한지 또는 끔찍한지 또는 평범한지를 말해 주는 것들이죠. 한번 가격을 불러 보세요. 뭐라고요? 아뇨, 그 두 배에도 안 팔아요. 4달러라고 하셨나요? 낙찰!

품목 14. 이번엔 주전자병. 아름다운 검은색 우유 주전자병이요. 오래전, 아이스크림을 집에서 직접 만들어 먹는 게 더 싸게 먹히던 시절에 우유배달부가 놓고 간 거예요. 어쨌든, 한때는 덩굴장미를 가득 꽂아놓으면 예쁘더니 지금은 칼라백합과 궁합이 맞네요. 처음부터 꽃병 용도로 만든 거라고 해도 믿겠어요. 그뿐인가요, 우리가 컷글라스 그릇들을 물려받기 전에는 여기다 펀치를 만들어 수많은 파티를 치렀어요. 처음으로 캘리포니아 포도 주스를 발효시킬 때도 딱 이렇게 생긴 유리병에 했어요. 이건 싸구려 잡화점에서 산 접시들이에요. 부엌에서나 쓰려고 샀지만 여름에 야외에서 먹을 때는 식탁에 올려도 무방하더라고요. 미국에서는 절대 통하지 않는 일이지만, 마땅히 행복해야 할 일에 행복해하던 날들을 떠올리자니 이 접시들을 보낼 수가 없네요. 비매품이에요.

품목 15. 엘러슬리[27]의 잔디밭에서 찰리 맥아더[28]가 사격 연습용으로 사용한 그릇 세트의 잔해들. 그날은 우리가

27) Ellerslie: 피츠제럴드 부부가 1927~29년에 세내어 살았던 델라웨어 주 웰밍턴 근교에 있는 19세기 풍 저택.

근처 농부에게서 빌린 밭가는 말들로 크로케-폴로라는 신종 스포츠를 개발한 날이기도 해요. 이건 방틴(Vantine's)이라는 상점이 있던 시절 그 건너편 가게에 모셔져 있던 랄리크[29] 거북이에요. 사는 사람이 없어도 끝내주게 높은 가격을 유지하다가 결국 현대식 진열창이 박살나는 와중에 발 하나를 잃었고, 그 덕에 우리가 샀고, 가구장이가 발을 도로 붙여줬답니다. 어니스트 헤밍웨이가 처음 우리 집에 왔던 날 밤 하얀 제비꽃을 들고 있었던 것도 이 거북이고, 오랫동안 크리스마스 때마다 크리스마스트리에서 타버린 전구를 숨겨준 것도 이 거북이에요. 이제는 유행이 지났고 더는 물을 담을 수도 없지만, 어디에도 맞는 구멍이 없는 오래된 열쇠들을 담아두기에는 좋아요. 입찰자 계세요? 에시, 다락으로. 다락의 랄리크!

품목 16. 은제 케이크 바구니와 프랜시스 스콧 키[30]가 소유했던 탁자와 <하우스 앤드 가든House and Garden>지에서 보고 디자인을 본떠 만든 침대예요. 하지만 이미 우리는 이것들 모두를 영원히 간직하기로, 다락에 처박아두기로 결

28) Charles MacArthur: 1895~1956, 미국의 극작가. 스콧이 친하게 지낸 여러 연극영화계 인물 중 한 명이다.

29) René Lalique: 1860-1945, 프랑스의 보석 세공사이자 유리 공예가. 랄리크는 그가 설립한 회사의 유리 제품을 지칭한다.

30) Francis Scott Key: 1779~1843, 변호사이자 작가로, 미국 국가를 작사한 인물로 알려져 있다. 스콧의 먼 친척이며 스콧의 이름을 이 사람에게서 땄다.

정했어요. 이제 집은 다 찼고 아늑해요. 우리에게는 휴대용 하나를 비롯해 축음기가 다섯 대 있지만 라디오는 한 대도 없고, 침대는 열한 개 있지만 뚜껑 달린 책상은 하나도 없어요. 지난 15년간 우리가 글로 어렵게 벌어서 말로 쉽게 써 버린 40만 달러가 남긴 물리적 잔재들. 이것들을 결국 모두 이렇게 간직하게 되는군요. 어쨌거나 우리에게는 이제 이 컬렉션이 우리보다 검약한 친구들의 폴란드 채권과 페루 채권만큼이나 소중해요.

수록 작품 발표 지면

단편소설

◊

오리지널 폴리스 걸

1929년 7월 <칼리지 유머College Humor>에 F. 스콧과 젤다 피츠제럴드 공저로 발표되었지만, 젤다의 작품이다. 단편집 <낙원의 조각들Bits of Paradise>(1973)에 수록되었다.

남부 아가씨

1929년 7월 <칼리지 유머>에 F. 스콧과 젤다 피츠제럴드 공저로 발표되었지만, 젤다의 작품이다. 단편집 <낙원의 조각들>에 수록되었다.

재능 있는 여자

1930년 4월 <칼리지 유머>에 F. 스콧과 젤다 피츠제럴드 공저로 발표되었지만, 젤다의 작품이다. 단편집 <낙원의 조각들>에 수록되었다.

미스 엘라

1931년 12월 <스크리브너스 매거진Scribner's Magazine>에 발표. 단편집 <낙원의 조각들>에 수록되었다.

미친 그들

1932년 8월 <스크리브너스 매거진>에 발표. 단편집 <낙원의 조각들>에 수록되었다.

산문

◊

친구이자 남편의 최근작

1922년 4월 <뉴욕 트리뷴New York Tribune>. 'F. 스콧 피츠제럴드 부인이 친구이자 남편의 최근작 <아름답고 저주받은 사람들>을 비평하다'라는 표제로 실렸다.

플래퍼 예찬

1922년 6월 <메트로폴리탄 매거진Metropolitan Magazine>.

모든 남편에게 반란의 순간이 올까?

1924년 3월 <맥콜즈McCall's>. (이 글은 동일 질문에 대한 17명의 답변 중 하나였다.)

플래퍼는 어떻게 되었나?

1925년 10월 <맥콜즈>에 발표. 이 글은 F. 스콧 피츠제럴드의 <부잣집 아이Our Young Rich Boys>와 함께 '우리의 플래퍼들과 우리의 족장들(What Becomes of Our Flappers and Our Sheiks)'이라는 공동 제목으로 그와 젤다의 공저로 실렸다.

파크 애비뉴의 변화하는 아름다움

1928년 1월 <하퍼스 바자Harper's Bazaar>에 젤다와 F. 스콧 피츠제럴드 공저로 실렸다. 하지만 스콧의 <원장Ledger>에는 젤다로 표기되어 있다.

서른 이후에도 사랑에 빠질 수 있을까?

1928년 10월 <칼리지 유머>에 F. 스콧과 젤다 피츠제럴드 공저로 실렸다. 하지만 스콧의 <원장>에 젤다로 표기되어 있다.

연지와 분

1929년 5월 <스마트 셋Smart Set>에 발표. (원래는 1927년에 젤다가 <포토플레이Photoplay>에 기고할 목적으로 썼으나 거기에는 실리지 않았다.) F. 스콧 피츠제럴드의 글로 실렸지만 그의 <원장>에는 젤다로 표기되어 있다.

F씨 부부를 방으로 모시겠습니다

1934년 5~6월 <에스콰이어Esquire>에 F. 스콧과 젤다 피츠제럴드 공저로 실렸지만, 스콧의 <원장>에는 젤다로 표기되어 있다. 스콧 피츠제럴드의 산문집 <크랙 업The Crack Up>(1945)에 수록되었다.

경매-1934년형

1934년 7월 <에스콰이어>에 F. 스콧과 젤다 피츠제럴드 공저로 실렸지만, 스콧의 <원장>에는 젤다로 표기되어 있다. 산문집 <크랙 업>에 수록되었다.

젤다 피츠제럴드 연보

1900년 7월 24일, 미국 앨라배마 주 몽고메리에서 앨라배마 대법원 판사 앤서니 세이어(Anthony Dickinson Sayre)와 미니 세이어(Minerva "Minnie" Sayre)의 여섯 자녀 중 막내로 출생.

1914년 몽고메리의 시드니 러니어 고등학교에 입학.

1918년 7월, 몽고메리의 컨트리클럽 댄스파티에서 F. 스콧 피츠제럴드와 처음 만남. 당시 스콧은 프린스턴을 휴학하고 자원입대하여 육군 보병대 소위로 몽고메리 외곽의 캠프 셰리든에 배속되어 있었음. 젤다, 고등학교 졸업.

1919년 2월에 제대한 스콧과 약혼. 약혼을 일시적으로 파기했다가 다시 번복.

1920년 스콧의 첫 소설 <낙원의 이편This Side of Paradise>이 출간된 지 일주일 만인 4월 3일 스콧과 결혼. 두 사람은 뉴욕 세인트 패트릭 대성당에서 친구들만 참석한 가운데 약식 결혼식을 올리고 뉴욕의 호텔들에서 허니문을 보낸 뒤 코네티컷 주 웨스트포트의 18세기 농장주택을 빌려 신접살림을 시작했다가 10월에 다시 뉴욕으로 거처를 옮김.

1921년 임신한 젤다는 친정인 몽고메리에 머물다가 스콧과 함께 유럽 투어를 떠나 5월부터 7월까지 영국, 프랑스, 이탈리아를 차례로 여행. 10월 26일, 스콧의 고향인 미네소타 주 세인트폴에서 딸 프랜시스 스코티(Frances "Scottie")를 출산. 젤다가 출산 직후에 한 말인 "이 애가 아름다운 바보, 작고 예쁜 바보로 자랐으면 좋겠어."는 훗날 스콧의 세 번째 소설 <위대한 개츠비The Great Gatsby>(1925)에 여주인공 데이지 뷰캐넌의 대사로 등장함.

1922년 4월, <뉴욕 트리뷴>에 스콧의 두 번째 소설 <아름답고 저주받은 사람들The Beautiful and Damned>에 대한 서평 <친구이자 남편의 최근작>을 발표. 6월에는 <메트로폴리탄 매거진>에 에세이 <플래퍼 예찬>

을 씀. 이때부터 꾸준히 에세이와 단편을 썼지만 사장되거나, 부부 공저나 스콧의 작품으로 발표됨. 10월에 롱아일랜드의 그레이트넥으로 이사해 1924년 4월까지 살면서 뉴욕을 오가며 호화로운 생활을 이어감.

1924년 4월, 피츠제럴드 부부는 롱아일랜드를 떠나 스코티를 데리고 다시 유럽으로 향함. 일단 파리에 여장을 풀었다가 리비에라로 내려가 이에르, 니스, 몬테카를로 등을 여행. 카프 당티브에서 재(在)프랑스 미국 예술가들의 후원자로 불리던 부유한 사교계 인사 머피 부부(Gerald and Sara Murphy)와 만남. 생라파엘 근처 발레스퀴르에 거처를 정함. 스콧이 <위대한 개츠비> 집필에 매달려 있던 7월, 젤다가 젊은 프랑스 조종사 에두아르 조장(Edouard S. Jozan)과 염문을 뿌리며 부부 관계에 위기가 닥침. 젤다의 이혼 요구에 스콧은 그녀를 집에 가두는 것으로 대응하고, 9월에는 젤다가 수면제를 과다 복용하는 일이 일어남. 훗날 조장은 젤다의 전기 작가 낸시 밀퍼드(Nancy Milford, 1938~)에게 불륜은 없었다고 술회함. 10월, 부부는 <위대한 개츠비> 탈고와 송고를 축하하기 위해 로마와 카프리 섬으로 여행을 떠남. 이 여행 중에 젤다는 대장염으로 고생하는 와중에 그림 그리기를 시작함.

1925년 4월 10일, 스콧의 <위대한 개츠비>가 출간됨. 부부는 나폴리를 떠나 마르세유를 거쳐 파리로 돌아옴. 4월 말, 딩고 아메리칸 바(Dingo American Bar)에서 피츠제럴드와 헤밍웨이의 역사적인 첫 만남이 이루어지고, 두 문학가의 평생에 걸친 애증 관계가 시작됨. 젤다는 자기중심적 마초 스타일의 헤밍웨이에게 처음부터 반감을 품었고, 헤밍웨이 또한 젤다를 스콧에게 악영향을 미치는 여자로 비난함. 젤다, 봄에 파리에서 러시아 출신 유명 발레리나 루보브 에고로바(Lubov Egorova)를 만나 그녀의 스튜디오에서 발레 교습을 받음.

1926년 12월 귀국. 스콧의 시나리오 작업을 위해 부부가 할리우드에서 생활하는 동안 스콧이 17세 신인 배우 로이스 모런(Lois Moran)에게 반해 젤다와 모런을 비교하며 젤다에게 상처를 주다가 급기야 자신이 로이스를 흠모하는 것은 "적어도 그녀는 재능에 노력을 더하여 무언가를 이룬 여성이기 때문"이라고 말함. 이에 분노한 젤다는 호텔 욕조에 자신이 디자인한 옷들을 태웠고, 스콧의 시나리오 <립스틱 Lipstick>이 퇴짜 맞은 후 동부로 돌아가는 열차 안에서 1920년에 스콧이 선물한 다이아몬드 백금 손목시계를 차창 밖으로 내던짐.

1927년 3월, 부부는 델라웨어 주 윌밍턴 근교에 있는 19세기 식민지 시대풍 저택 엘러슬리를 거처로 정함. 이곳에서 젤다는 종이인형과 동화 삽화 등 스코티를 위해 시작한 아동용 미술에 몰두하는 한편, 에고로바의 제자이자 필라델피아 오페라 발레단장인 캐서린 리틀필드(Catherine Littlefield)에게 정기적으로 발레 레슨을 받기 시작함.

1928년 4월, 부부는 세 번째로 유럽으로 떠나 파리 보지라가의 아파트에서 생활함. 젤다는 마담 에고로바에게 발레 레슨을 받으며 점점 더 발레에 열중함. 9월에 귀국해서 엘러슬리로 돌아온 후에도 '발레 바와 화필'을 놓지 않음. 글쓰기에도 매진해 겨울부터 여섯 편의 'Girl 시리즈' 단편을 쓰기 시작.

1929년 3월에 엘러슬리의 임대 기간이 만료되면서 부부는 스코티를 데리고 다시 유럽으로 향함. 제노아와 니스를 거쳐 4월에 파리 도착. 젤다는 니스 여행 중에도 발레 연습을 멈추지 않았고, 파리에서는 다시 에고로바의 지도하에 매일 발레를 연습함. 부부는 7월부터 10월까지 파리를 떠나 칸에서 지냄. 젤다, 칸과 니스에서 정식 발레 공연에 참여함. 9월에 나폴리의 산 카를로 오페라 발레단(San Carlo Opera Ballet Company)으로부터 입단 제안을 받지만 가족과 헤어져 나폴리에 혼자 남을 수 없어 고민 끝에 입단을 포기함. 10월, 스콧이 절벽 도로를 운전하던 중 갑자기 젤다가 위험하게 운전대를 꺾는 일이 발생함. 같은 달에 부부는 파리로 돌아왔고, 젤다는 단편 집필을 이어감. 여섯 편의 'Girl 시리즈' 단편들이 1929년 7월과 1931년 1월 사이에 차례로 발표됨. 다섯 편은 <칼리지 유머>에 스콧과 공저자로, 한 편은 <새터데이 이브닝 포스트>에 스콧의 작품으로 게재됨.

1930년 2월 말, 부부는 북아프리카로 여행을 떠남. 젤다, 신경쇠약 악화로 4월에 파리 근교의 말메종 클리닉에 입원했다가 열흘 만에 퇴원 후 5월에 스위스 글리옹에 있는 발몽 클리닉에 입원. 다시 6월에 제네바 호반에 있는 프랑장 클리닉으로 옮겨 다음해 9월까지 입원함. 이 과정에서 조현병 진단을 받음. 프랑장 클리닉에 있을 때 단편 <미스 엘라>와 <미친 그들>의 초안을 씀.

1931년 젤다, 9월에 프랑장 클리닉에서 퇴원. 부부는 영구 귀국해서 젤다의 친정인 앨라배마 주 몽고메리로 살러 감. 젤다와 스콧이 이곳에서 1931~32년에 걸쳐 8개월간 살았던 집은 결과적으로 부부가 함께 산 마지막 집이 되었고, 오늘날은 스콧&젤다 피츠제럴드 박물관(Scott&Zelda Fitzgerald Museum)이 됨. 11월, 젤다의 아버지 세이어 판사 별세. 이때 스콧은 MGM 영화사의 시나리오 작업을 위해 할리우드에 있었음. 12월, 젤다의 단편 <미스 엘라>가 <스크리브너스 매거진>에 발표됨.

1932년 1월, 젤다의 신경쇠약 증세가 다시 심해져 볼티모어의 존스홉킨스 병원 핍스 클리닉에 입원. 이곳에서 한 달 만에 자전적 소설 <왈츠는 나와 함께Save Me the Waltz>를 완성해 스콧의 에디터인 맥스웰 퍼킨스에게 보냄. 스콧은 <왈츠>의 내용이 자신이 <밤은 부드러워Tender Is the Night>(1934)에 쓰려고 한 내용과 겹치자 분노함. 8월, 젤다의 단편 <미친

그들>이 <스크리브너스 매거진>에 발표됨. 10월 7일, 스콧의 요구로 대폭 수정된 <왈츠는 나와 함께>가 스크리브너스 출판사에서 출간됨. 출간 당시 비평가들의 혹평 속에 120달러의 수익을 내는데 그침. 여름부터 가을까지 희곡 <스칸달라브라 Scandalabra>를 씀.

1933년 <스칸달라브라>가 6월 26일부터 7월 1일까지 엿새 동안 볼티모어에서 상연되었으나 혹평을 받고 흥행에도 실패함. 11월, 부부는 버뮤다로 여행을 떠남.

1934년 2월, 젤다, 신경쇠약 재발로 다시 핍스 클리닉에 입원. 4월, 스콧의 네 번째 소설 <밤은 부드러워>의 출간 시점에 맞춰 뉴욕에 있는 캐리 로스 갤러리(The Cary Ross Gallery)에서 갤러리에서 젤다의 그림 전시회가 열림. 스콧, 젤다를 좀 더 저렴한 볼티모어의 셰퍼드프랫 병원으로 옮김. 6월과 7월, 젤다의 자전적 에세이 <F씨 부부를 방으로 모시겠습니다>와 <경매—1934년형>이 <에스콰이어>에 실림.

1935년 스콧, 노스캐롤라이나 주 애슈빌의 그로브파크인 호텔에서 생활하며 아마추어 심령술사 로라 거스리 헌을 비서로 고용하고, 같은 호텔에 투숙 중이던 텍사스 출신 부유층 여인 베아트리스 댄스와 사랑에 빠졌으나 젤다를 버릴 수 없다는 이유를 들어 결별함. 9월에는 알코올 중독 치료를 위해 입원했으나 그의 주벽과 건강은 호전되지 않음.

1936년 스콧, 4월에 다시 비용 문제로 젤다를 셰퍼드프랫 병원에서 애슈빌의 하이랜드 병원으로 옮김. 이무렵 젤다의 상태가 많이 나빠져 몸무게는 겨우 40킬로그램에 불과했으며 열차에 뛰어드는 등 자살충동에 시달림. 딸 스코티, 코네티컷 주에 있는 명문 기숙학교 에델 워커 스쿨에 입학.

1937년 스콧, 할리우드에서 시나리오 작가로 활동하던 중 가십 칼럼니스트 실라 그레이엄과 바람이 났고, 알코올 중독과 정신적 슬럼프도 계속 악화됨. 스콧과 실라의 관계는 그가 사망할 때까지 이어짐.

1938년 젤다, 하이랜드 병원 의사의 허락하에 4월에 스콧과 휴가를 떠남. 딸 스코티, 학교를 무단이탈하여 예일 대학교로 히치하이크를 감행했다가 기숙학교에서 퇴학당함. 이후 배서 칼리지에 입학.

1939년 4월에 부부가 다시 함께 휴가를 떠남. 이때의 쿠바 여행은 스콧의 술주정과 난동으로 불행하게 끝나고, 젤다는 스콧을 뉴욕의 알코올 중독자 병원에 입원시킴. 이후 스콧은 다시 할리우드로, 젤다는 애슈빌의 병원으로 돌아감. 이때 헤어진 뒤로 두 사람은 다시는 만나지 못함.

1940년 3월, 젤다, 상태가 호전되어 입원 4년 만에 애슈빌의 하이랜드 병원에서 퇴원. 12월 21일, 스콧이 할리우드의 아파트에서 심장마비로 사망. 젤다, 스콧이 사망 당시 집필 중이던 소설 <마지막 거물The Last Tycoon>(1941)의 미완성 원고를 문학평론가이자 에디터인 에드먼드 윌슨에게 보냄. 본인도 두 번째 장편소설 <시저의 것Caesar's Things>을 쓰기 시작.

1942년 딸 스코티, 배서 칼리지 졸업 후 대학 시절부터 사귀던 프린스턴 졸업생 새뮤얼 잭슨 러너핸과 결혼.
젤다는 남편의 장례식에 이어 딸의 결혼식에도 참석하지 못함.

1943년 젤다, 하이랜드 병원에 재입원. 건강 상태도 호전되지 않고 소설도 완성하지 못함.

1948년 젤다, 3월 10일, 하이랜드 병원 화재 사고로 사망. 당시 전기 충격 요법을 받기 위해 병실에 갇혀 있던 젤다를 포함하여 아홉 명의 여성이 사망함. 젤다는 메릴랜드 주 락빌의 묘지에 있는 스콧 옆에 안장됨.

1970년 전기 작가 낸시 밀퍼드의 <젤다Zelda: A Biography>가 출간되어 퓰리처상 최종 후보에 오르고, <뉴욕타임스> 베스트셀러에 드는 등 주목받으며 젤다의 삶이 재조명되기 시작함.

1986년 딸 '스코티' 피츠제럴드, 65세를 일기로 인후암으로 사망, 메릴랜드 주 락빌의 부모님 옆에 안장됨.

1992년 젤다, 앨라배마 여성 명예의 전당에 헌액됨.

옮긴이 후기

젤다 피츠제럴드는 장편 <왈츠는 나와 함께>와 희곡 <스칸달라브라> 외에 각각 열 편 가량의 단편소설과 산문을 남겼다. 이 책에는 그녀의 산문들과 함께 다섯 편의 단편 <오리지널 폴리스 걸>, <남부 아가씨>, <재능 있는 여자>, <미스 엘라>와 <미친 그들>을 실었다. 앞의 세 편은 'Girl 시리즈' 중에서 자전적 성격이 강한 이야기들이고 뒤의 두 편은 매튜 J. 브러콜리(Matthew J. Bruccoli, 1931~2008)를 비롯한 비평가들이 젤다의 작품 중 수작으로 꼽는 작품들이다.

젤다는 <칼리지 유머>의 의뢰를 받아 1928년 겨울부터 젊은 미국 여성의 삶을 소재로 한 여섯 편의 단편, 이른바 'Girl 시리즈'를 쓰기 시작했다. 1929~1931년에 걸쳐 그중 다섯 편은 <칼리지 유머>에 남편 F. 스콧 피츠제럴드와 공저로 실렸고, 나머지 한 편은 <새터데이 이브닝 포스트>에 스콧의 이름으로 나갔다. 'Girl 시리즈'의 집필과 발표는 독립적 커리어를 향한 젤다의 막심한 노력이 그 정점에서 무산된 시기와 때를 같이 한다. 1930년 4월 23일 젤다는 처음으로 정신병원에 입원한다. 스콧과 결혼한 지 10년이 되던 때였다. 재능 또는 커리어를 추구하다가 이런저런 이유로 실패를 맛보는 여성들을 다룬 이 단편들은 창의적 열망을 '병증'으로 진단받고 '강제 휴식'을 처방받은 젤다 자신의 좌절감을 토로한 고백과 같다.

가장 먼저 쓴 <오리지널 폴리스 걸>에서 젤다는 런던 연극 무대를 꿈꾸는 뉴욕 코러스 걸의 흥망을 통해 여자의 삶에서 결혼과 일의 양립 가능성에 의문을 제기하는 동시에, 겉만 화려한 아마추어리즘에 대한 자격지심도 내비친다. <남부 아가씨>의 하숙집 딸 해리엇은 북부에서 온 댄과 사랑에 빠지지만 북부 상류층의 규준에 적응하지 못하고 고향으로 돌아온다. 하지만 남부라는 독특한 토양에 뿌리를 둔 정체성처럼 보였던 그녀의 결단은 자신을 거부한 사회를 향한 욕망으로 변한다. "볕에 탄 풀 냄새"를 벗어나 "유리가 번쩍이는 철문" 안에 속하고 싶은 욕망. 결국 그녀는 제2의 댄을 만나 고향을 떠난다. 댄서로서 천부적 재능을 지닌 <재능 있는 여자> 루는 젤다의 주인공들 중 꿈의 실현에 가장 근접한 인물이다. 하지만 루도 스타덤의 목전에서 영국 남자와 눈이 맞아 먼 이국으로 떠나 버린다. "정신이 완전히 망가질 정도로 열심히 춤을 연마"하겠다던 그녀의 결심은 "불완전한 상태로 두고 온 것들에 대한 회한"으로 퇴색하고 만다.

젤다가 스위스 프랑장 병원에 있을 때 쓴 <미스 엘라>와

<미친 그들>은 젤다의 수작으로 꼽힌다. 두 작품은 순수했던 영혼이 타락의 인력에 빨려들어 망가지는 모습을 그렸다. 나이 많은 독신녀 <미스 엘라>의 비밀이 정원 한 구석에서 썩어가는 놀이집에 유물처럼 묻혀 있다. 젊은 시절 미스 엘라는 결혼을 앞둔 어느 날, 드레스에 붙은 불을 용감하게 꺼준 한량에게 한눈에 반해 명문가 "서던 벨"의 예약된 행복을 걷어찬다. 평화롭고 나른한 남부 지역사회를 울리는 예기치 못한 총성만큼이나 운명의 반전은 충격적이다. 엘라의 이야기는 젤다의 삶에 비극의 씨앗처럼 내재했던 자살 충동과 성적 욕구를 내비친다.

<미친 그들>은 20년대 파리의 퇴폐 문화와 그 비극적 뒤끝을 보여준다. 젊은 미국인 재즈 가수 롤라와 래리는 성공의 환상을 좇다가 그들을 소비하던 사람들에게 무참히 버림받고 불에 뛰어드는 나방처럼 파멸로 향한다. 인생을 로맨틱한 모험으로 알았던 두 청춘 남녀의 순진무구함은 비도덕적 물질의 먹잇감이 되고 만다. 젊은 피츠제럴드 부부처럼 이 커플도 "사랑과 성공과 아름다움"을 믿었지만 로맨스로는 "운명을 매수할 수 없었고," 꿈은 산산조각 난다.

한편 젤다는 1922년부터 1930년대 중반까지 여러 잡지에 산문을 기고했다. <친구이자 남편의 최근작>은 스콧의 두 번째 소설 <아름답고 저주받은 사람들>을 장난스럽게 논한 서평이고, <플래퍼 예찬>은 그녀의 존재 방식에 대한 일

종의 변론이다. <모든 남편에게 반란의 순간이 올까?>에서는 결혼을 논하고, <서른 이후에도 사랑에 빠질 수 있을까?>에서는 연애를 논한다. <연지와 분>은 화장에 빗대어 여성의 자기표현 욕망을 변호하고, <파크 애비뉴의 변화하는 아름다움>은 당대 부동산 개발 붐을 타고 도시의 길이 "어딘가로 통하는 곳"이 아니라 계층 분리의 장으로 변한 것을 꼬집는다. 그중 <파크 애비뉴>와 <서른 이후>는 스콧과 공저로, <연지와 분>은 스콧의 이름으로 발표됐다. 젤다의 산문은 부와 사치를 희구하는 당대 미국 사회를 명민하게 돌려 까는 한편, 젊음과 흥겨움을 찬미한다.

또한 젤다는 미니 자서전이라 할 수 있는 <F씨 부부를 방으로 모시겠습니다>와 <경매—1934년형>을 썼다. 이 에세이들을 통해 그녀는 삶의 편린들을 '구슬 목걸이'처럼 아름답게 엮었다. 젤다의 전기 작가 샐리 클라인은 이 에세이들을 "스콧과 함께한 인생에게 바치는 송별사"로 표현했다. <F씨 부부>는 1920년 결혼한 날부터 1933년 버뮤다 여행까지 피츠제럴드 부부가 묵었던 호텔들을 나열하는 방식의 여행기다. 1933년 정신의학자가 입회한 부부 상담 세션에서 젤다에게 "그놈의 'I' 좀 집어치울 수 없어? 당신이 대체 뭔데?"라고 말했던 스콧은 <F씨 부부>의 원고에서 'I'를 전부 'we'로 바꿨다. <경매>는 부부가 이런저런 경로로 모은 물건들을 가상의 경매에 붙이는 내용이다. 물건들은 하나하나

추억의 오브제지만 동시에 하나같이 "깨지고, 낡고, 벌레 먹고, 유행이 지나" 쓸모를 다하고 말았다. 스콧은 <경매>는 크게 손보지 않았다. 어쨌든 두 작품도 젤다와 스콧의 공저로 발표됐다.

젤다의 글에서 중요한 건 어쩌면 내용보다 '스타일'이다.

젤다는 단편들에서 이름 없는 일인칭 여성 화자로 등장해 주인공을 지근거리에서 그린다. 단편들은 대화는 거의 없이 묘사로 일관한다. 그녀의 이야기들은 플롯이 약하다. 비평가 브러콜리에 따르면 "플롯은 일화적 수준이고 기법은 에세이에 가깝다." 그러나 생생한 공감각적 표현들이 플롯을 대신한다. 독자는 젤다의 글에서 "시원한 소리를 뿜는 꼬마 분수"와 "보석 팔찌들의 쟁그랑" 소리를 듣고, "나무 아래 까만 레이스처럼 흔들리는 어둠"을 느끼고, "극장 캐노피 아래로 철퍼덕 떨어지는 겨울 해"를 보고, "파리의 여름 해질녘을 구성하는 푸른 실안개와 홍겨움의 냄새"를 맡는다.

젤다의 글은 그녀가 그린 그림과 닮았다. 우선, 주인공의 내면을 외면에 빗대어 회화적으로 표현한다. 예컨대 <오리지널 폴리스 걸>의 주인공 게이는 본질 없이 허망한 "만화경 같은 여자"이고, 그녀의 뿌리 없이 부유하는 인생은 "호텔 라벨들로 덕지덕지 덮인 푸른 벨벳 트렁크"가 대변한다. <미스 엘라>가 "솜털 같은 조가비색 덤불과 딸기 소다 거품" 속에 애틋하게 숨겨두었을 것으로 기대했던 비밀은 놀랍게도

"축축한 땅에 흩어진 갈색 꽃"과 "각진 기둥을 칭칭 동여맨 덩굴" 같은 비극으로 드러난다. 또한 젤다는 형태와 정서를 녹여서 색으로 만드는 데 선수다. 그녀의 글은 색으로 넘쳐난다. 남부의 질펀하게 숨 막히는 여름은 "흐느적대는 노란색 늦은 오후"로, 배타적 자본이 흐르는 상업 지구는 "금발의 순백한 길"로 시각화한다. 무엇보다 젤다의 글은 그녀의 그림처럼 표현주의다. 독자 개개인의 인상으로 읽어야지, 제3자의 해석이나 번역을 허락하지 않는 문장들. 그녀의 글은 순간적이고 주관적이고 단속적인 심상들로 가득하다. 수사나 은유가 기존 상식을 따르지 않는다. 젤다의 주인공들처럼 그녀의 표현도 규정하기 어렵고 종잡을 수 없다. 때로 단어들은 "미스터리" 퍼즐 같고 문장은 "미로" 같았다. 젤다의 머릿속에 들어가 보지 않고서는, 그녀를 꿈에서 만나 의도를 묻지 않고서는 불가해하게 느껴질 만큼 단편이든 산문이든 '설명'이 야박했다. 가뜩이나 부족한 역자가 고전한 이유다.

젤다 특유의 창의와 비논리를 넘나드는 자유 연상 방식 어법은 그녀에게 불리하게 작용했다. 그녀에게 (오진일 가능성이 높은) 정신병 진단이 떨어졌을 때 표현의 독창성은 오히려 병증의 근거가 됐다. 대중도 그녀의 다소 두서없이 보이는 어법을 정서불안의 증세로 폄하했다. 그러나 특유의 관능적인 표현이 심지 있는 감수성 없이 가능했을까. "무대의 백색 스포트라이트처럼" 디테일들을 "한껏 드러냈다가 망원경처럼 무심하게 모두를 한 덩어리로 뭉치려면" 오히려 명료한 집중력이 필요하지 않을까. 젤다는 예술품이 아니라 아티스트로 살았다. 애초에 역자는 아티스트를 옮길 자격이 없는 사람이다. 역자의 번역은 여러 가능한 해석 중의 한 가지일 뿐이다. 다만 젤다를 우리 독자에게 처음 소개한다는 것에서 보람과 의미를 찾으려 한다. 미흡한 역자가 끝끝내 읽어내지 못하고 어설피 전달한 부분은 독자의 상상과 감수성으로 채워졌으면 하는 뻔뻔한 바람도 있다.

원조 플래퍼 젤다는 자신의 세대가 "플래퍼 행적이 아니라 그들의 공적으로" 기억되는 세대가 되기를 바랐다. 그리고 미래 세대에게 "어차피 깨질 환상이라면 마흔에 깨지는 것보다 스물에 깨지는 것이 낫다"며 마음껏 세상과 부딪히라는 당부도 남겼다. 그러는 것이 훗날 가정의 평화에도 좋고 세계 제패에도 좋다고 했다. 젤다가 그녀의 주인공에게 던진 질문이 유독 가슴에 남는다.

"루, 아니, 브룬힐데, 그대의 이름이 무엇이든, 이제 무엇을 하실 건가요?"

젤다

HB0002

1판 2쇄 2019년 6월 27일
1판 1쇄 2019년 2월 7일
ISBN 979-11-964939-3-6

지은이 젤다 피츠제럴드
편역 이재경
편집 조용범
디자인 김민정
제작 공간

에이치비 프레스 (도서출판 어떤책)
서울시 마포구 월드컵북로 400 5층 1호
전화 02-3153-1312
팩스 02-6442-1395
hbpress.editor@gmail.com
hbpress.kr

파본은 구입하신 서점에서 바꿔 드립니다.

이 도서의 국립중앙도서관 출판예정도서목록(CIP)은
서지정보유통지원시스템 홈페이지(http://seoji.nl.go.kr)와
국가자료공동목록시스템(http://www.nl.go.kr/kolisnet)에서
이용하실 수 있습니다.
CIP제어번호: CIP2018041796